Tucholsky Wagner Zola Scott Sydow Freud Schlegel
Turgenev Wallace Fonatne
Twain Walther von der Vogelweide Fouqué Friedrich II. von Preußen
Weber Freiligrath
Fechner Weiße Rose von Fallersleben Kant Ernst Frey
Fichte Richthofen Frommel
Engels Fielding Hölderlin Dumas
Fehrs Faber Flaubert Eichendorff Tacitus
Eliasberg Ebner Eschenbach
Feuerbach Maximilian I. von Habsburg Fock Eliot Zweig
Ewald Vergil
Goethe Elisabeth von Österreich London
Mendelssohn Balzac Shakespeare Dostojewski Ganghofer
Lichtenberg Rathenau Doyle Gjellerup
Trackl Stevenson Hambruch
Mommsen Tolstoi Lenz Hanrieder Droste-Hülshoff
Thoma von Arnim
Dach Verne Hägele Hauff Humboldt
Reuter Rousseau Hagen Hauptmann Gautier
Karrillon Garschin Baudelaire
Damaschke Defoe Hebbel
Descartes Hegel Kussmaul Herder
Wolfram von Eschenbach Dickens Schopenhauer
Darwin Melville Rilke George
Bronner Grimm Jerome Bebel
Campe Horváth Aristoteles Proust
Bismarck Vigny Barlach Voltaire Federer Herodot
Gengenbach Heine
Storm Casanova Tersteegen Grillparzer Georgy
Chamberlain Lessing Langbein Gilm Gryphius
Brentano Lafontaine
Strachwitz Claudius Schiller Schilling Kralik Iffland Sokrates
Katharina II. von Rußland Bellamy Raabe Gibbon Tschechow
Gerstäcker
Löns Hesse Hoffmann Gogol Wilde Vulpius
Luther Heym Hofmannsthal Klee Hölty Morgenstern Gleim
Roth Heyse Klopstock Kleist Goedicke
Luxemburg Puschkin Homer Mörike Musil
La Roche Horaz
Machiavelli Kierkegaard Kraft Kraus
Navarra Aurel Musset Moltke
Nestroy Marie de France Lamprecht Kind Kirchhoff Hugo
Laotse Ipsen Liebknecht
Nietzsche Nansen Ringelnatz
Marx Lassalle Gorki Klett Leibniz
von Ossietzky May
vom Stein Lawrence Irving
Petalozzi Knigge
Platon Pückler Michelangelo Kock Kafka
Sachs Poe Liebermann
de Sade Praetorius Mistral Zetkin Korolenko

Gandalin oder Liebe um Liebe

Ein Gedicht in acht Büchern (1776)

Christoph Martin Wieland

Impressum

Autor: Christoph Martin Wieland
Umschlagkonzept: toepferschumann, Berlin

Verlag: tredition GmbH, Hamburg
ISBN: 978-3-8424-1390-0
Printed in Germany

Prolog

»Schon wieder von Liebe und ewig von Liebe!«
Ja wohl! was wär' auch unterm Mond
Wohl mehr der Rede werth als Liebe?
Und unterm Mond und überm Mond
Was anders ist's als Liebe und Liebe
Was überall athmet, wirkt und webt,
Und alles bildet, alles belebt?
Ihr Weisen sagt, was sonst als Liebe
Ist dieser schöne Zusammenklang
Der Wesen? Dieser allmächtige Drang
Der Gleich an Gleiches drückt? Wie bliebe
Ein Sonnenstäubchen ohne Liebe
Beym andern? – Auch die Macht der Kunst,
Des Bildners Finger, die höchste Gunst
Der Musen, was sind sie ohne Liebe?
Mit Liebe sang *Homer*, mit Liebe
Schuf *Raffael* seine *Galathee*.
Du selbst, o Tugend, du höchste Höh'
Der Menschenseele, was bist du als Liebe,
Du *Gott in uns?* – Doch stille, Gesang!
Verletze nicht das heilige Schweigen!
Wohl uns, so viele von uns das Schauen
Von diesem Geheimniß empfangen haben!
Wohl uns! *Uns* leuchtet allein die Sonne,
Uns scheint das herzerfreuende Licht;
Wir leben das wahre Leben: athmen
In reinen Lüften mit freyer Brust,
Und sehen was ist mit unbefangnen
Augen, und hören Götterstimmen,
Und durch die tiefe Nacht der Wesen
Den Schwung der alles bewegenden Räder,
Und fürchten nichts! und schwimmen und wälzen
Durch Stille und Sturm uns, immer getroster,
Die ewigen Wege der Zeit hinab –
Nichts mehr! Ich schweige! – da wackeln Ohren
Die nichts verstehn –

Nun, wieder dahin
Zu kommen, wovon wir uns verloren –
Brüder und *Schwestern*, die Hand ans Kinn,
Und fragt euch: Ist es nicht die Liebe
Der ihr in dieser Zeitlichkeit
Die besten Minuten schuldig seyd?
Und floß mit unter auch manche trübe,
Seyd billig! Zieht mir von der Liebe
Das alles was *nicht Liebe* ist
Rein ab, und dann sprecht was ihr wißt!

»Ja, sagt ihr, zwischen Lieb' und Liebe
Ist doch ein mächtiger Unterscheid!
Wie viele Thorheit, Eitelkeit
Und Selbstbetrug mischt sich mit unter?
Wie oft ist sie des Lasters Zunder?
Der Lüste Sklavin, und« –

Haltet ein!
Verdorben Gefäß, wir wissen's alle,
Verfälscht den reinsten besten Wein:
Allein, wer schmählt in solchem Falle
Auf seinen Wein? Und würd' er Gift,
Glaubt ihr, ihn würden drum die Weisen
Aus ihrer Republik verweisen?
Was eure übrigen Klagen betrifft,
So sagt: was haben *Dunkel* und *Helle*,
Jedes für sich, denn wohl gemein?
Kann eine Feindschaft größer seyn?
Und doch, *vermischt*, sind sie die Quelle
Der ganzen Magie der *Mahlerin*
Natur! – Weh dem der keinen Sinn
Für dieß empfing! – Und also rieth ich,
Wenn euch zu rathen ist, ihr Herr'n
Weltbeßrer mit und ohne Stern,
Nach Standesgebühr, – ihr wäret so gütig
Und ließt es gehn wie's immer ging
Seit *Chaos* den ersten Funken fing,
Gucktet, anstatt zu widersprechen,

Wenn's euch nicht ansteht, anders wohin,
Und ließet die große Mahlerin
Fein ruhig ihre Farben brechen,
Und *Licht* und Schatten, nach *ihrem* Sinn,
Gatten, verstärken oder schwächen;
Und so – zumahl *ihr* doch daran
Nichts bessern werdet – mit eignen Händen
Ihr göttliches Liebesgemählde vollenden,
Und gönntet uns unsre Freude daran.

Und weil denn also Liebe und Liebe
Das ewige Mährchen der ganzen Natur,
Das Sehnen aller Kreatur,
Das Glück der Menschen und der Engel,
Kurz, Freunde, weil Liebe – Liebe ist:
Wie sollte, sie nicht, trotz ihrer Mängel,
Uns lieber seyn als – Hader und Zwist,
Als Neid und Haß und Blutvergießen,
Mord, Aufruhr, brennen, stechen und schießen,
Nicht lieber uns seyn als Trug und List,
Als Ränke schmieden und schikanieren,
Verleumden, heucheln und hofieren.
Kurz, sollte sie uns nicht lieber seyn
Als alle die häßlichen Betriebe;
Wodurch die Antichristen der Liebe
Ihr Freudenparadies entweihn?
Lassen wir dem *Geschichteklittrer*
Den leidigen Stoff, die Balgereyn
Und Heldenthaten der *Erderschüttrer,*
Wozu wir Armen die Haare leihn!
Der Held, von dem wir singen und sagen.
Ist keiner von dieser schwarzen Zunft.
Kein Mensch hat über ihn zu klagen;
Ist einer von unsern *Freunden* und *Magen,*
Die, selten einig mit ihrer Vernunft,
Ihr Herz im Busen offen tragen;
Immer das beste was sie thun
Durch etwas verderben was sie *sagen;*
Den Hasen oft zur Unzeit jagen,

Und dann wenn's Jagenszeit ist, ruhn;
Immer sich selbst für andre plagen.
Alles mit Liebesaugen sehn,
Immer ihr Herz zu wohlfeil geben,
Sich selber ewig Nasen drehn,
Und nur, wo *kluge* Leute *schweben,*
So fest wie eine Mauer stehn.

Für einen *Helden* (ich muß gestehn)
Ein seltsamer Mann! Doch laßt ihn kommen
Weil er nun da ist! Wir haben den Wicht
Nun einmahl in unsern Schutz genommen.
Und glücklich, (eher lassen wir nicht
Von ihm) sehr glücklich soll er werden,
Oder es müßte kein Glück auf Erden
Zu finden seyn! – Zwar etwas schwer
Wollen wir's ihm schon machen, und theuer
Erkaufen soll er's: das ist nicht mehr
Als billig! – Und stieße von ungefähr
Uns einer auf, der wackrer, treuer.
Und biederherziger war' als er:
So soll ihm alles Vergangne nichts nützen:
Wir lassen ihn auf der Stelle sitzen,
Und schlagen uns (unbesorgt ob man
Uns Wankelmuths bezücht'gen kann)
Stracks auf des *bessern Mannes* Seite,
Und nun zur Sache, lieben Leute!

Erstes Buch

Vor alter Zeit ein Fräulein war,
Die hatte ihres gleichen wenig.
Sie machte mit ihrem Augenpaar
Sich alle Herzen unterthänig.
Der Ruf von ihrer Wohlgestalt
Zog Mahler herbey von allen Enden;
Mit Pinsel und Palet in Händen.
Lag immer einer im Hinterhalt,
In allen Ecken, an allen Mauern,
Wo sie nur stand und ging und saß,
In Mette und Vesper, dieß und das
Von ihrer Schönheit abzulauern.
Wenn dann ihr Halstuch sich verschob,
Ein Fuß sich wies, ein Arm sich hob:
Das war ein Jubel, ein Gott Lob,
Als hätten sie *Mexiko* gewonnen!
Zogen nun wohlgemuth nach Haus,
Und machten *Even* und *Madonnen,*
Susannen und *Magdalenen* d'raus.

Das Fräulein, *Sonnemon* genannt,
War Erbin des Grafen von Brabant,
Und hatte viel Knappen und edle Herr'n
An ihrem Hof. Auch kam von fern
Manch blonder schmucker Muttersohn
Von altem Nahmen und jungen Sitten,
Zu werben um Fräulein *Sonnemon.*
Die Junkern eiferten, buhlten, stritten,
Liebten und liebelten, tanzten und ritten
Rings um die holde Zauberin,
Wie Hummeln um ihre Königin,
Bey Tag und Nacht, auf allen Tritten;
Versuchten's, jeder nach seinem Sinn,
Mit Lachen und Weinen, Trotzen und Bitten;
Doch alles mit wenigem Gewinn.

Die Schelmin hatte so ihre Freude
Mit ihnen zu spielen, wie mit der Maus
Ein junges Kätzchen. Ging sie aus,
So schwärmten in reichem bunten Kleide,'
Die Finkenritter groß und klein
Zur Seite, voran, und hinterdrein.
Blieb sie zu Hause, so wimmelt's immer
Von solchen Vögeln in ihrem Zimmer.
Der sang ihr was – um einen Mund
Voll breiter Schaufelzähne zu weisen;
Ein andrer fütterte ihren Hund;
Ein dritter log von seinen Reisen;
Ein vierter schnitzelt' eine Maus
Aus einem Apfelkern ihr aus;
Ein fünfter, an der Trommel, stickte
Ein Blümchen in ihre Stickerey.
So schlenderte dann der Tag vorbey,
Und wenn sie die Herr'n nach Hause schickte,
Und zur Belohnung ihrer Treu'
Dem einen freundlich ins Auge blickte,
Den andern mit einem Lächeln beglückte:
Ging jeder wonneselig davon,
Glaubte sein Hoffnungsschiff geborgen.
Schlief sanft, und träumte bis zum Morgen
Von nichts als Venus und Adon.

Doch an demselben Morgen fanden
Die Herr'n ihr Schiffchen mächtig weit
Von seiner Rechnung, die Rosenzeit
Vorbey, und keine Spur vorbanden
Von jenes Abends Heiterkeit.
Das Fräulein ist düster aufgestanden.
Nichts liegt ihr recht, nichts steht ihr an
Was einer thun und sagen kann.
Kein Spaß, kein neues Lied behagt.
Sie hat nicht wohl geschlafen, klagt
Viel über Kopf und Magen, jagt
Den kleinen Hund zur Thür hinaus,
Schmählt ihre Kammerjungfern aus,

Findt ihren Kopfputz ungeheuer,
Und ihre Augen ohne Feuer,
Und ihre besten Spitzen schlecht,
Und nichts als ihre Laune recht.
Kommt einer mit etwas angestochen.
Als etwa *vom Wetter*, (das offenbar
Das schönste Sommerwetter war)
So wird ihm schlechtweg widersprochen;
Spricht er was kluges, so ist es dumm;
Schweigt er – »Seit wann, mein Herr, so stumm?«
Seufzt er, so weiß er nicht warum;
Lacht er, was war denn da zu lachen?
Kurz, lieber hätte sich einer mit Drachen
Und Haselwürmern herum gezaust,
Als, wenn's ihr die Tyrannin zu machen:
Einfiel, mit *Sonnemon* gehaust.
Und doch, (was für die guten Jungen
Das schlimmste war) nie fühlten sie sich
In ihre Reitze mehr verschlungen,
Als wenn sie der schönen *Meduse* glich.
Nie war ihr Blick so mörderlich,
Als wenn sie spöttisch die Nase rümpfte;
Ihr Mündchen nie so küsserlich,
Als wenn sie Mäuler zog und schimpfte;
Was jeder andern übel stand.
Ein jedes an ihr bezaubernd fand.
Und wenn auch einer in die Kette
Voll Ungeduld zuweilen biß,
Sie noch so gern zerrissen hätte,
Ja wirklich aus Ingrimm sie zerriß,
Und laufen wollte, so weit der Himmel
Blau ist, oder sein Apfelschimmel
Ihn trüge: so zog sie mit Einem Blick
Den armen Flüchtling wieder zurück,
Sich willig zu ihren Füßen zu schmiegen
Und ewig an der Kette zu liegen.

In diesem kläglichen Zustand lag
Herr *Gandalin* schon Jahr und Tag.

Der war euch ein so hübscher Ritter
Als jemahls einer um *Minnesold*
Gedienet hatte; treu wie Gold,
Blauäugig, zärtlich, lieb und hold,
Und doch in Kampfesungewitter
So muthig wie ein junger Widder;
Wiewohl noch seinem weißen Kinn
Die Hoffnung des künftigen Bartes so dünn
Entkeimte, daß ihn bey einer Wette,
Im langen Rock, mit Spangen und Kette,
Die allererfahrenste Kennerin
Aus Mädchen kaum erwittert hätte,

Von allen, die um das *Fräulein* sich
Bewarben, war der giftige Stich
Des Liebeswurms dem armen Jungen
Am tiefsten in die Leber gedrungen.
Die andern Junkern insgesammt
Waren mit einem leichten Hiebe
Davon gekommen: ein wenig geschrammt
Wenn's hoch kam. Aber die Art von Liebe,
Die tief im Eingeweid brennt und nagt,
Die alle Lust zu Spiel und Scherzen,
Die Schlaf und Eßlust euch versagt.
Und ohne Rast, den Pfeil im Herzen,
Durch Berg und Thal euch treibt und jagt,
Bis ihr erschöpft von Angst und Schmerzen.
Verblutet, lechzend, athemlos
Der schönen Feindin vor die Füße
Hinsinkt, das Köpfchen in ihren Schooß
Verbergt und sterbt, und glaubt wie süße
Der Tod euch schmecke, wenn allenfalls
Ihr glattes Pfötchen um Brust und Hals
Euch noch zur Letze freundlich krabbelt,
Und euer gebrochnes Herzchen wohl gar
An ihrem Busen sich verzabbelt:
Das nenn' ich *lieben!* Nur ist's rar!
In Flandern und in Brabant war
Dergleichen nie gesehen worden.

Der erste daselbst von diesem Orden
War unser Junker. Schade nur,
Daß er dabey nicht besser fuhr!
Denn *Sonnemon*, unangefochten
Von allem Spuk und Ungemach,
Das ihre Augen stiften mochten,
Ließ alle seine *och!* und *ach!*
Sich wenig in ihrem Schlummer stören;
Und wenn er Winternächte lang
Vor ihrem Fenster fror und sang,
Hielt sie ihn nicht so viel in Ehren
Ihm durch die Scheiben zuzuhören.
Er hätte Teiche voll geweint
Und Mühlen mit seinen Seufzern getrieben,
Sie wäre so ruhig dabey geblieben
Als wär' es nicht auf *sie* gemeint.
Kurz, den, der seinem ärgsten Feind
Ein solches Leben könnte gönnen,
Ich würd', ihn einen *Nero* nennen!
Doch trug er alles mit Geduld,
Immer noch hoffend an ihre Huld
Durch Leiden ein Recht sich zu erwerben!
Das schlimmste was mir begegnen kann,
(Dacht' er) ist doch zuletzt nur Sterben;
Und besser gestorben, als unterm Bann
Der Liebe aus diesen Zauberaugen
Ewig zum Leiden nur Kraft zu saugen!

In diesem Muth hielt *Gandalin*
Ein ganzes unendliches Jahr sich hin,
Wo immer das Schicksal seines Lebens
An einem ihrer Blicke hing;
Hoffte, verzweifelte, gleich vergebens!
Der einzige Trost, der noch verfing,
War, daß es andern nicht besser erging,

Allein als jetzt der Frühling wieder
Gekommen war, durch alle Glieder
Der guten alten Mutter Natur

Ein neuer Jugendschauer fuhr,
Und mildere Lüfte und wärmere Sonnen
Das süße Gefühl zu leben, zu streben.
Und Leben aus ihrer Fülle zu geben
In allen Wesen zu wecken begonnen;
Die Auen ergrünten, die Vögelein
Aus sich belaubenden Zweigen sangen,
Und alles, was ist, sich freute zu seyn;
Um Majens verjüngte Blumenwangen
Der wieder verliebte Westwind spielt.
Und selbst das Mädchen, das nie gefühlt
Wie Amor verwundet, ein seltsam Bangen,
Drücken und Sehnen in sich fühlt.
Etwas zu lieben und zu umfangen:
Da wußte der arme *Gandalin*
Sein Leiden nicht länger zu bestehen
Er warf sich ihr zu Füßen hin
Und schwor, nicht eher aufzustehen,
Bis sie ihm sage, sie brenne für ihn
Wie er für sie. »So laß mich gehen!«
Rief *Sonnemon*, und wollt' entfliehn.
Allein er hielt sie bey beiden Knien.
Und bat so kläglich! in seiner Stimme
War etwas das so zu Herzen drang!
Er wurde so schön, ihr wurde so bang!
Doch riß sie sich los. – Wie? welch ein Zwang?
(Rief sie im jüngferlichen Grimme)
Was hab' ich denn zu schaffen mit dir?
Du liebst mich, sagst du? Meinetwegen!
Lieb' immer, ich habe nichts dagegen;
Nur meine Freyheit laß du mir!«

»O *Sonnemon*, dieß kannst du sagen?
Du? – Du, die Allem Liebe giebt
Was dir sich nähert? In diesen Tagen,
Da Alles Gefühl ist, Alles liebt?
Nein, Falsche! Dir sind die süßen Triebe
Nicht fremde, dein ganzes Wesen ist Liebe,
Du athmest, strahlest, zauberst Liebe

Und Liebeswonne rings um dich,
Und Haß – den hast du allein für mich!«

Ich? (spricht das Fräulein, spöttiglich
Ihr Naschen rümpfend) ich hasse dich?
Muß man, um nicht zu hassen, *lieben?*
Mein schöner Herr, wo steht's geschrieben,
Daß wir, wenn einen die Liebessucht
Befällt, für seine Narrheit büßen
Und flugs ihn wieder lieben müssen?
Warum ergreift ihr nicht die Flucht,
Wenn's euch in unsrer Atmosfäre
Nicht wohl ist?

         »Fragst du, Zauberin?
Als ob es in meiner Willkühr wäre
Zu laufen wenn ich gefesselt bin!
Die Flucht ergreifen! Und wohin? –
Könnt' ich auch wie ein Adler fliegen,
Würd' ich nicht ewig deinem Bild
Wohin ich flog' entgegen fliegen?«

Die Schwärmer! wie sie sich selbst betrügen!
Wie würde so bald mit meinem Bild
Sogar mein Angedenken verfliegen?
Ich kenn' ein wenig der Männer Art;
Bey euch thut alles die Gegenwart.
Weh der abwesenden Geliebten!
Die möcht' ich sehen, die aus Treu'
Die Grausamkeit an sich verübten
Und ließen ein gutes Glück vorbey!

»O *Sonnemon,* wie wenig, wie wenig
Kennst du mein Herz und deine Macht!
Und sollte mir eine einzige Nacht,
Mit einer Göttin zugebracht,
Das Glück erkaufen, der erste König
Der Welt zu seyn –«

Halt! – Schon zu viel
In Einem Athem! Das alles ist Spiel
Der Fantasie. Wir kennen euch besser!
Die Welt ist in der Nähe größer
Als du jetzt denkest.

»Willst du (schrie
Der Ritter entzückt) die Probe machen?
Versprich mir's; ich bestehe sie!«
Bald sollt' ich (versetzte sie mit Lachen)
Zur Strafe deiner Vermessenheit
Beym Wort' dich fassen? – »O fasse, fasse
Mich gleich beym Wort!« – Es hat noch Zeit.
»Noch Zeit, wenn ich mein Leben lasse
Beym kleinsten Verzug?« – Herr *Gandalin,*
Ich glaubte dich nicht so waglich kühn;
Doch, der Erfolg? – »Den überlasse
Der Liebe!« – Du wagest alles, Freund!
Denn *Sonnemon,* so leicht sie scheint,
Ist schwerer zu täuschen als man meint;
Drey Jahre sind lang! – »Und wären's sieben,
Um Dich sind's sieben Tage nur!«
Und keine andre Kreatur
Noch Göttin in dieser Zeit zu lieben?
Und mir zu schwören den heiligsten Schwur,
Kommst du zurück, mir nichts zu schweigen,
Dein ganzes Herz, mir offen zu zeigen,
Um keine Sylbe die Wahrheit zu beugen?
Getraust du dir's? – »Und *Sonnemon*
Verspricht mir dafür der Minne Lohn?«
Ihr Herz mit allen Zubehören!
»Hier bin ich, bereit dir zuzuschwören
Was du verlangst! – Drey Tag' allein
Vergönne mir noch hier zu seyn,
Von deinen Blicken meine Seele
Durchstrahlen zu lassen!« – Herzlich gern!
Doch merke was ich dir befehle!.
Man muß sich vorsehn mit euch Herr'n.
Du könntest dich in eine Höhle

Drey Jahre verkriechen. Dieß wäre List,
Herr *Gandalin!* Die Meinung ist.
Auf Abenteuer auszuziehen,
Und während aller dieser Frist
Vor keiner Liebesgefahr zu fliehen!
»Ich schwör' es!« – Hier ist meine Hand,
Des Gegenschwures Unterpfand!

Der Ritter küßt auf seinen Knien
Die kleine lilienweiße Hand,
Ganz außer sich vor Freud' und Wonne:
Ihm däucht, es schein' eine andre Sonne,
Die Erde sey neu geschaffen ringsum,
Und alles tanz' um ihn herum.

Zweytes Buch

Zwey lieben Augen gegenüber
Wie fliegen drey Tage so schnell vorüber!
Der dritte Abend war vorbey
Und *Gandalin* hätte geschworen, es sey
Noch immer der erste, hätte lieber
Minuten zu so viel Tagen gemacht:
Wiewohl das Fräulein wenig Acht
Auf ihn zu haben schien, und selten
Die Blicke, womit er sie beschoß.
Mit einem der ihrigen zu vergelten
Würdigte. Aber die Hexe goß
Dafür auch so viel Nektar in diesen
Vestohlnen einzigen Gegenblick!
Ihm wurde so viel zukünftig Glück
In lieblicher Dämmerung drin gewiesen!
Er hätte so einen einzigen Blick
Um zwanzig *Algarben* und *Sobradisen*
Nicht ausgetauscht. Indessen kam
Die letzte Nacht. Der Ritter nahm
Den Urlaub mit einem unendlichen Kusse
Auf ihre hingegebene Hand;
Lief dann als stände sein Kopf in Brand,
Um einem gewaltigen Regengusse
Aus seinen Augen zuvorzukommen
Eh's einer vom Hofe wahrgenommen.

Er schwang sich auf sein edles Roß
Und ritt mit schwerer Brust von dannen;
Sah oft zurücke nach dem Schloß
Woraus ihn Stolz und Liebe bannen;
Schritt langsam fort, verstürzt und stumm,
Die Welt so eng um ihn herum
Als könnt' er sie mit der Hand umspannen.
Die Sonne bey Tage, bey Nacht der Mond
Schien heiter und mild zu seiner Reise;
Ihm kürzte die Amsel und die Meise

Mit Singen den Weg: doch weder der Mond
Bey Nacht, noch des Tages die helle Sonne,
Noch Vogelsang noch Mayenwonne
Ergetzte sein Leid. Nichts war ihm nah,
Er sah und wußte nicht was er sah,
Kam immer weiter und war nie da.
Hatte sein Herz zurück gelassen
Bey *Sonnemon*, und mit dem blassen
Entgeisterten Schatten lief sein Roß
Wohin es wollte. Der Tag verfloß,
Es wurde Nacht und wieder Morgen
Ohne daß Ritter *Gandalin*
Aus seinem Traum zu erwachen schien;
Ließ seinen Knappen für alles sorgen.
Und wußte von allem just so viel
Als einer der im Fieber tobet.

Allmählich (Gott sey drum gelobet!)
Spielte ihr altes wohlthätiges Spiel
Die Fantasie, taucht' ins Gefühl
Des Gegenwärtigen alle Bilder
Der schmerzlich süßen Vergangenheit;
Alles wird dumpfer, dämmernder, milder.
Und schwimmt in lieblicher Ungewißheit:
Bis aus den sanft verworrnen Schatten
Sich jene *magische Welt* erhebt,
Wo Wirklichkeit und Traum sich gatten,
Und Geist der Liebe um alles webt.
Statt, wo er hinsah, sie *nicht* zu sehen,
Sieht er jetzt durch dieß Zauberglas
Sein Fräulein überall vor ihm stehen;
Aus jedem Tropfen an Laub und Grat
Glänzt ihm ihr sonnichter Blick entgegen;
Sich sieht er ruhn an diesem Bach,
Sie stellt er in diesen Blüthen-Regen;
Ihr weiht er dieses grüne Dach
Zur Laube; aus diesem alten Gemäure,
Wo Eulen brüten, baut er *ihr*
Ein Feenschloß. – »O daß ich nicht hier,

In diesem einsamen Thale, von Dir
Allein gekannt, geliebt, du Theure,
Von dir – o Wonne! geliebt von dir,
Das ewige Leben der Liebe feire!«
So ruft er aus mit schwellender Brust,
Und findet selbst im Seufzen Lust:
Denn seufzend zieht er in Frühlingsdüften
Den Athem seiner Lieben ein;
Glaubt alle Windchen, die ihn lüften,
Von *Sonnemon* geschickt zu seyn,
Durchwandelt mit ihr den stillen Hain,
Und schlummert sogar in Felsengrüften,
Träumend, an ihrem Busen ein.

Nun stimmte sich, unvermerkt und immer
Schneller, sein innerer Farbenton
Herunter. Fräulein *Sonnemon*
Blieb zwar der Inhalt; allein der Schimmer,
Das Lichtgewölke, der Nektardunst,
Worin sie durch der Liebe Gunst
Ihm dar sich stellte, ward immer fahler
Und schwächer, ihr Lichtsaum immer schmaler
Und schmaler, bis er beynahe ganz
Verschienen war. Dagegen gewannen
Die Dinge vor ihm an Farb' und Glanz
Was jene zu verlieren begannen.
Die Sinne (ein widerspänstig Geschlecht!)
Setzten sich wieder ins alte Recht:
Und seinem Biederherzen dräuten
Viel schöner Gefahren von allen Seiten.

Es ging nun weit ins dritte Jahr,
Daß *Gandalin* auf der Wallfahrt war.
Er hatte in Deutschen und Wälschen Landen
Viel Abenteuer überstanden,
Und seine Treu' aus mancher Schlacht
So ziemlich ganz davon gebracht;
Höchstens mit solchen leichten Wunden
Die, wie man weiß, sich bey Gesunden

Von selber heilen: als zu *Paris*
Der Prüfungen schwerste auf ihn stieß.

Es war in *Filipp Augusts* Tagen,
Von denen die Dichter uns Wunder sagen.
Kein Fürstenhof derselben Zeit
Glich seinem Hof an Herrlichkeit.
Da waren Ritter ohne Zahl,
Da waren auch Frauen und Jungfrauen
Von allen Farben, nach der Wahl,
Stattlich geschmückt, und lieblich (zumahl
Bey Licht) von weiten anzuschauen,
Wie Tulpen im Flor. Die hatten nun
Bekannter Maßen nichts zu thun
Als Männerherzen aufzupassen.
Und ihre Augen spät und früh
Nach allen Ecken spielen zu lassen.

Der fremde Ritter dünkte sie
Beym ersten Anblick gute Beute.
Nun solltet ihr die Jagd auf ihn
Gesehen haben. Allein, er schien
Gar nicht zu wissen was das bedeute.
Mit solcher Gewißheit im Liebesstreite
Stets obzusiegen, so wenig kühn
Hatte man keinen noch gesehen.
Was war zu thun? Gleich abzustehen?
Dazu stand unsern *Penthesileen*
Der Muth zu hoch. Je blöder er war,
Je minder liefen sie Gefahr
Im *Approschieren* zu weit zu gehen.
Sie ließen sich also in Gnaden herab
Durch Blicke seinen Muth zu stärken,
Denen, aus Furcht er möchte nicht merken,
Man alle mögliche Klarheit gab.
Mein Ritter, immer ehrerbietig.
Spielte gelassen den *Kombab*,
Fand immer die Damen allzu gütig,
Verstand kein Lächeln, keinen Blick,

Zog immer weiter sich zurück
Je näher man ihm zu Leibe rückte;
Sprach ewig von nichts als Politik,
Moral und Wetter, Metafysik.
Und Moden, und jeder andern Rubrik
Als der, wo's unsre Schönen drückte:
Kurz, trieb's so lange, bis ihm's glückte,
Daß man den Herrn, mit seinem Verstand
Und seiner hohen Adlersnase,
Und seinen Augen von blauem Glase,
Ganz unerträglich albern fand.

Vermuthlich leitet ihr dieß Betragen
Des Ritters von seiner Treue her?
Gewiß ist, er liebte noch so sehr
Als jemahls, und immer desto mehr.
Je näher von seinen Prüfungstagen
Das Ende rückte. Doch, alles zu sagen
Ein kleiner fremder Umstand kam
Hinzu, der seiner Tugend ein wenig
Von ihrem reinen Verdienste nahm.

Hört an! – Als *Gandalin* einst vom König
(Der von der Hirschjagd wieder kam)
Nach Hause trabte, dem Roß den Zügel
Lassend, die Augen auf den Stern
Der Liebe gesenkt: da kam nicht fern
Von einem mit Bäumen besetzten Hügel
Ihm eine Jungfrau (dem Ansehn nach)
Auf einem Zelter entgegen geritten.
Die hielt auf einmahl, stellte sich mitten
In seinen Weg, grüßt' ihn und sprach:
Herr Ritter, nach euers Ordens Sitten
Darf ich um eine Gab' euch bitten;
Und was ein Mädchen bitten kann
Versagt doch wohl kein Biedermann?

Herr *Gandalin* hält mit seinem Pferde,
Sieht spähend (so scharf bey Sternenlicht

Nur möglich) der Jungfrau ins Gesicht,
Und findet sie an Gestalt und Geberde
So züchtig, daß er, ohne Gefährde,
Ihr viel versprechen zu können glaubt.
Jungfrau, ihr könnet frey begehren!
Alles was Lieb' und Ehr' erlaubt
Deß will ich sträcklich euch gewähren.

»So sagt mir, Herr Ritter, in allen Ehren.
Ist euer Name *Gandalin*?«

Ich muß es (erwiedert er) gestehen.

»Was frag' ich auch? Närrin die, ich bin!
War's nicht genug euch anzusehen?
(Versetzt die Magd) man sagte mir gleich
Ich könnt' unmöglich irre gehen.«

Gut! (spricht der Ritter) Ihr schadet euch
So in der Nachtluft da zu stehen.
Was wollt ihr meiner?

     Die Jungfrau spricht:
Erst schwöret mir bey Ritterspflicht
Zu thun was ich euch sagen werde.

Ich schwör's euch zu, bey Ritterspflicht,
Und müßt' ich ins Eingeweide der Erde
Herunter steigen im Angesicht
Der Höllengeister, und Weg mir machen
Durch Riesenkolben und Löwenrachen,
Ich schwör's!

    »So arg ist's nicht, (versetzt
Die Dirne) ihr werdet unverletzt,
Hoff ich, das Abenteu'r bestehen.
's ist nichts, mein Herr, als – mit zu gehen
Wohin ich euch geleiten will.«

Der Ritter hält ein wenig still
Und sinnt.

»Nu? heißt das sein Versprechen
Halten? Sollt' es dem Herrn an Muth
Mit einem Mädchen zu gehn gebrechen?
Für Riesen und Drachen bin ich gut!
Was zögern wir?« – Mit diesem Worte
Spornt sie ihr Gäulchen, und *Gandalin*
Folgt, ohne zu wissen wozu? wohin?
Der unbekannten Führerin.

Sie hält vor einer verschloßnen Pforte.
»Hier, spricht sie, endet unser Lauf!«
Knack, Knack! Die Pforte thut sich auf
Und schließt sich hinter ihnen wieder.
»Da sind wir nun, Herr Ritter. Frisch!
Was hängt ihr so die Kolbe nieder?
So kleinlaut? so verdrossen? Frisch
Vom Pferd herab! mir nachgegangen!
Man wartet euer mit Verlangen.«

Er, immer schweigend, steigt vom Roß,
Sieht vor sich stehn ein altes Schloß,
Mit Pfeilern, dick wie Himmelsstützen,
Mit hundert Ecken, Thürmen und Spitzen,
Kurz, so daß einem ungesäumt
Von *schönen Melusinen* träumt,
So wie man's anblickt. – »Nun! Herr Degen,
Die Augen zu, und mir die Hand!
(Spricht lachend die Magd) In euerm Stand
Geht man oft größrer Fahr entgegen,
's ist finster hier; nur mir die Hand!
Hier steigen wir eine Windeltreppe.«
Der Ritter folgt, so träg und schwer,
Ihr ist's, als ob sie hinter sich her
Den größten Wollsack keichend schleppe.
»Ey, ey, Herr Ritter, so blank und bar

An Mannheit? – Mich däucht, ich höre gar,
Wie euch das Herz im Leibe schweppe!«

Die Wahrheit von der Sache war,
Mit allem seinem Heldenblute
War unserm Manne nicht wohl zu Muthe.
Es war ein schwanendes dumpfes Gefühl,
Das ihm Zickzack bald heiß bald kühl
Den Rücken hinab lief, bald in Flammen
Ihn tauchte, bald in Alpeneis.
Doch rappt er wie er kann und weiß
Sich oben an der Treppe zusammen,
Und folgt der Jungfrau sonder Zwang
Durch einen langen dunkeln Gang,
Dann links, dann wieder ein Treppchen hinauf.
Nun kam ein Vorsahl, und ein Zimmer,
Und nun that eine Thür sich auf.
»Hier! (raunt' die Magd und schob ihn sachte
Zur Thür hinein) Ihr seht, ich brachte
Euch glücklich an Ort und Stelle. Nun
Seht selber zu was weiter zu thun.«

Drittes Buch

Da steht nun mächtiglich betroffen
Mein Ritter, wie einer der eben itzt
Den Flammen in einem Traum entloffen,
Halb aufgefahren im Bette sitzt,
Noch zweifelnd, wiewohl die Augen offen,
Ob Wahrheit oder Fantasey
Ihn aufgeschreckt. – Zwar, daß er wache
War eine ausgemachte Sache;
Nur riecht so alles nach Feerey
Um ihn herum!, – man kann nicht wissen!
Wohl! dacht' er, wir werden's wagen müssen;
Ich bin auf alle Fälle dabey!

Die Wahrheit war, man brauchte nun eben
Kein großer Eisenfresser zu seyn,
Sich muthig in diese Gefahr zu geben;
Denn alles sah ganz freundlich drein.
Es kurz zu machen – denkt euch, beliebig,
Ein großes Gemach, altfränkisch verziert,
Die Decke von Schnitzwerk, sehr ergiebig
Mit goldnen Blumenkörben staffiert,
Die Wände stattlich tapeziert
Mit schönen biblischen Geschichten,.
Als – *Mose* im *Kästlein*, und Fräulein viel
In steifen Miedern, entblößt (mit Züchten)
Bis über die Knie, um aus dem Nil
Das Knäblein an den Strand zu lichten:
Dann *Simson* der *Delila* im Schooß, -
Und *Bathseba* in der *Badewanne*,
Und zwischen den Greisen nackt und bloß
Die *schöne keusche* Frau *Susanne*,
Mit einem Busen, dessen Fracht
Die gute Frau mit Armen und Händen
Den Augen der Sünder zu entwenden
Bemüht nur desto herrlicher macht.

Dann seht auf einem kleinen Tische
Zwey Herzen und einen Schirm davor,
Und in der Mauer eine *Nische*
Wie ein Gezelt von reichem Mohr,
Und in der Nisch' ein Türkisch Bette
Von gelbem silberbeblümtem Damast,
Und nun, – und nun wie weiter? – Ich wette
Zu rathen worauf ihr Herren paßt?
Da, denkt ihr, soll zu euerm Vergnügen
So eine *schlafende Venus* liegen,
In *Tizianischem* Nachtgewand,
Die obere Hälfte mit Luft umwoben,
Und, wo die Decke sich verschoben,
Ein rundes Knie heraus gehoben,
Ein Knie – die Sieben aus Griechenland
Zu Narren zu machen! – und was des Dinges
Mehr ist, das freylich ein geringes
Zu mahlen wäre. – Allein, verzeiht
Wenn dießmahl eure Erwartung betrogen
Sich findet. Alles zu seiner Zeit!
Die *Dame* war völlig angezogen
Die auf dem Ruhebettlein lag,
Und in der That so angezogen
Als keine bis auf diesen Tag;
So steif! so voller *Dürerscher* Falten!
Alles so recht drauf angelegt
Selbst den *Gedanken* aufzuhalten,
Der weiter als hundert Augen trägt!
Unmöglich war's von ihrer schönen
Gestalt das Mindeste nur zu wähnen,
Die Arme, die Hände, -- sie mochte (wer weiß?)
Sie wohl so schön als *Juno* haben;
Allein sie lagen mit allem Fleiß
In weiten Ärmeln nach Türkischer Weis'
Bis über die Fingerspitzen begraben.

So heimlich zu thun mit Gottes Gaben
Däucht unserm Ritter sonderbar.
Sonst sind die Damen nicht so gar

Mißgünstig, die was zu zeigen haben!
Und (was hier am verdächtigsten war)
Ein dicht gewebter doppelter Schleier
Verbirgt sogar ihr Angesicht;
Läßt auch das Wenige nicht ans Licht,
Was, durch die zarte weiße Hülle,
Von ihres Busens Jugendfülle
Wie eine berstende Knospe bricht.
Kurz, undurchdringlicher kann sich nicht
Die Schönheit gegen den Feind verschanzen.
So gar nichts, das zu Gunst des Ganzen
Die zweifelnde Fantasie besticht!
Und doch, wie nenn' ich's geschwinde? bricht
So ein geheimer – Gottheitsschimmer
Durch alle die Wolken, daß *Gandalin*
Sich kaum enthält auf seinen Knien
Sie anzubeten.

        »Desto schlimmer!
(Denkt ihr) das, fängt verdächtig an!
Und seine Treu'?« – Darüber entscheide
Die Zeit; die werde was sie kann!
Genug, die Dame im Maskenkleide
Hieß unsern Mann (der ehrfurchtsvoll
Noch immer, weiter als man soll
Zurück stand) etwas näher treten.
Herr Ritter, sprach sie, daß ich euch
So außer der Zeit zu, mir gebeten.
Sieht ziemlich den Abenteuern gleich,
Die euers gleichen jungen Degen
Wohl häufig aufzustoßen pflegen,
Doch, darf ich euch was bitten, so sey's
Fürs erste, bis wir uns erst besser kennen,
Mich weder schwarz zu glauben noch weiß,
Und, eh' die Lerchen uns wieder trennen,
Mir bloß ein günstig Ohr zu gönnen.

Der Klang von ihrer Stimme, wiewohl
Gedämpft durch ihren doppelten Schleier,

Tönt ihm als wirbelte hoch vom Pol
Der Nachklang einer Engelsleier
in seine Seele. »Welch Angesicht,
Wenn's dieser Sirenenstimm' entspricht!«
Denkt, er, und weiß ein Weilchen nicht
Wie ihm geschieht; faßt doch sich wieder
So bald als möglich, läßt vor ihr
Züchtiglich auf ein Knie sich nieder
Und: Dame, (spricht er) glaubet mir
Auf mein Gesicht, mein Herz ist bieder.
Und Arges zu denken von der Zier
Der Schöpfung war mir stets zuwieder.
Drum heget keine Bedenklichkeit
Mich euers Anschau'ns zu gewähren.
Ich wollte, so eingesponnen ihr seyd,
Auf eure bloße Stimme schwören,
Ihr könntet des Schleiers wohl entbehren.

Die Dame bittet ihn aufzustehn,
Und, ohne Schmeichelreden zu drehn
Die ihre Sittsamkeit beschämen,
Von einem Schemmel Besitz zu nehmen
Der neben ihm steht. Herr *Gandalin*,
Gehorsam, setzt sich gegen über,
Und Sie beginnt:

                    »Ich lasse vorüber
Von welchem Haus und Stand ich bin.
Mein Blut fließt weder heller noch trüber
Darum. So was, in meinem Sinn,
Kommt nicht in Anschlag. Genug, *ich bin;*
Da giebt's nichts drunter und nichts drüber.

»Ich weiß nicht welche Gevatterin
Gab mir den Nahmen *Je länger je lieber*
Bey meiner Geburt –«

                    Je länger je lieber?
Rief *Gandalin*. – *Je länger je lieber?*

Ruft (wie ich bereits verständigt bin)
Einhellig Leser und Leserin.

»Nicht anders, mein Herr, *Je länger je lieber!*
Und (was ich nicht bergen kann) man fand
Ganz deutlich in meiner rechten Hand,
Von allen *Helenen* aus Griechenland
Und allen *Julien* an der Tiber
Würde nun neben *Je länger je lieber*
Künftig so wenig die Frage seyn,
Als von den Sternen bey Sonnenschein.

»Kaum war die kleine *Je länger je lieber*
Über ihr zwölftes Jahr hinüber,
So kriegte, wer ihr ein wenig zu nah
Und lang' ins Augenkindlein sah,
Gleich auf der Stelle das Liebesfieber.
Da half nichts, weder graues Haar
Noch gelbes, je klüger einer war
Je eher schnappte der Witz ihm über.
Ein Blick, so war's um ihn gethan!
Doch ging die rechte Noth erst an,
Als nun mit sechzehn Jahren ihr Busen
In seiner vollen, Blüthe stund,
Aus ihren Augen alle neun Musen
Sprachen, um ihren Rosenmund
Die Grazien tanzten, und wie es weiter
Lautete, wenn der Liebesdrang
Die armen Narren zum – *Reimen* zwang.
Der Jude sah Jakobs Himmelsleiter
In ihrem Antlitz; der Heide schwur,
Mit ihr verglichen, sey Venus – nur
Ein Weib. So ging kein Tag vorüber,
Daß nicht die gute *Je länger je lieber*
(Wiewohl sie sich immer nur leidend dabey
Verhielt) zwey Narren oder drey
Ins Tollhaus schickte. Ein eignes Gebäu
Mußte dazu gestiftet werden.
Bald setzte man einen Flügel, und dann

In kurzer Frist – noch einen dran,
Doch sah man ganze Narrenherden
Aus Mangel an Platz, in Wälder ziehn,
In Felsenklüften und hohlen Weiden
Kauern, und Reim' in Bäume schneiden,
Im Märzenfrost vor Liebe glühn,
In Hundstagsgluth vor Liebe frieren.
Durch Büsch' und Hecken auf allen Vieren
Kriechen, und Eicheln fressen und Gras,
Und drohen, ließ' ich nicht bald mich rühren,
So würden sie gar – den Verstand verlieren.
Und was des Unsinns mehr noch was.

»Mir, Gott verzeih' mir's! machte das Wesen
Zwey bis drey Sommer vielen Spaß.
Ich brauchte keinen Roman zu lesen,
Hatte den ganzen *Amadis*
In meinem Narrenparadies,
Und alle Tage geschahen Sachen
Um einen neuen draus zu machen.
Doch immer dasselbe Fastnachtsspiel
Wird endlich ungeschmackt und kühl.
Zwar gab's mit unter auch Trauerspiel:
Bald stieß sich einer vor die Stirne;
Bald ließ ein andrer das Bißchen Gehirne,
Das ihm die Liebe nicht ausgebrannt,
Auf einer Felsenspitze sitzen;
Ein dritter kam, den Dolch in der Hand,
Mit feurigen Augen angerannt,
Sein Blut mir ins Gesicht zu spritzen.
Tagtäglich gab's so eine Scen'!
Allein, sie mochte zu weinen, zu lachen
Oder auch beides auf einmahl machen,
So war's – nicht länger auszustehn.

»Nun fand sich endlich, daß eine Fee,
Mit der mein Vater Tändeley
Vor Zeiten getrieben, an all dem Wehe.
Mehr als mein Schnäutzchen Ursach sey.

Mein Vater (einer der besten Kalifen
Die jemahls aßen, tranken und schliefen)
Schickte zur Stunde Gesandte aus
Nach Osten und Westen, um aller Enden
Zu suchen, ob sie ein Mittel fänden
Dieß Unheil von uns abzuwenden.
Allein es wurde nichts daraus;
Sie kamen alle mit leeren Händen.
Und großen Rechnungen wieder nach Haus.

»Zuletzt erfuhr er, auf einem Berge,
Nah bey der Wüste am Bache *Krit,*
Da wohn ein alter *Eremit,*
Ein Mann, dem Geister, Elfen und Zwerge
Gehorsam wären allzumahl;
Er kenne genau der Sterne Zahl
Und jede Kraft in Kräutern und Steinen,
Er mache Wetter, Regen und Wind,
Lasse bey Nacht die Sonne scheinen
Wenn's ihm beliebe, sey taub und blind
Vor hohem Alter, und hör' und sehe
Doch alles was auf der Welt geschehe.

»Da sandte der Kalif geschwind
Zum Eremiten, dem Geister, Elfen
Und Zwerge gehorchten am Bache Krit.
Die kamen, und brachten die Antwort mit:
»Dem Fräulein wäre nicht zu helfen,
Sie müßte denn sich keinem Mann
Von Stund' an *unverschleiert* weisen.
Und immer von Osten nach Westen reisen,
So lange bis sie den Biedermann
Fände, dem sie *Je länger je lieber*
Würde, wiewohl er unverhüllt
Sie nie, leibhaftig noch im Bild',
Gesehen hätte.«

»Mein Vater (der über
Kein Ding in seinem Leben sich

Besonnen) flugs und ohne Säumen
Befahl mein Leibkameel zu zäumen,
Warf selbst den Schleier über mich,
Und schickte mich mit seinem Segen
Dem unwahrscheinlichen Mann entgegen.
Drey Jahre reis' ich westwärts fort,
Und zeige mich und meinen Schleier
In jedem lustigen Meeresport,
Bey Ritterspielen, bey jeder Feier
An Fürstenhöfen, und da und dort:
Alles vergebens! Man sieht sein Wunder
An meiner Figur, hätt's gern entdeckt
Was hinter dieser Vermummung steckt,
Und das ist alles!« –

                    Ist's möglich? rief
Herr *Gandalin*, und seufzte tief.

Nun müßt ihr wissen, ein schöner, runder,
Milchweißer Arm, den immer bisher
Des Ärmels Länge dem Aug' entzogen,
Enthüllte sich hier von ungefähr,
Indem das Fräulein einen Bogen
Mit beiden Armen beym Ausruf zog.
Herr *Gandalin* (bey dem die Empfindung
Sehr leicht die Klugheit überflog)
Rief aus: Ist's möglich? – Nun hatte die Rundung
Und blendende Weiße, die eben itzt
So unverhofft ins Aug' ihm blitzt,
Vermuthlich an dieser Ideenverbindung
Mehr Antheil, als er im *Allarm*
Des Herzens und der Sinne dachte.
Allein die Dame – die ihren Arm
So schnell, als sie ihn sichtbar machte,
In seine vorige Lage brachte,
(Und beides ohn' es zu wissen) – dachte,
Ihm mach' ihr – *das ist alles!* so warm:
Und also schien ihr sein – *ist's möglich?*

In tragischem Tone so herzbeweglich
Geseufzt, ein wenig lächerlich.

»So finden Sie das so seltsam? Mich,
Mich nimmt die Möglichkeit nicht Wunder,
Erwiedert sie. Die Neugier schlägt
Den Funken vielleicht: allein der Zunder,
Der ihn ernährt und hegt und pflegt,
(Was auch ihr Männer sagen mögt)
Bleibt ewig Schönheit, Blume der Jugend –«
Und Seelenschönheit, Geist und Jugend
Käm' also nicht in Anschlag? – spricht
Der Ritter mit Eifer.

         »Wenigstens nicht
(Versetzt sie) gegen ein Maskengesicht,
Das, weil es so ernstlich sich versteckt,
Natürlicher Weise Verdacht erweckt.
Gesichter, die, sorglos, wie sie sind
Sich zeigen, auch wenn sie häßlich sind,
Sieht man zuweilen, so hinter die Seelen
Geduckt, ganz sacht ins Herz sich stehlen;
Das ihnen um so leichter geräth,
Weil ihr sie ohne Anspruch seht.
Just, weil man ihnen nichts dergleichen
Zutraute, nie auf seiner Hut
Mit ihnen ist, sind sie so gut
Euch unversehens zu überschleichen.
Man weiß wie viel Gewohnheit thut.
Das Auge versöhnt sich mit den Mängeln
Die es so unverhohlen sieht:
Erst seht ihr nur ihr schön Gemüth,
Zuletzt ist alles behängt mit Engeln.
Just umgekehrt in meinem Fall,
Wenn eine immer und überall
In Hüllen und Häuten wie eine Zwiebel
Gewickelt erscheint. Wer dächte nicht übel
Von einer Schönheit, die das Licht,
Das Element der Schönheit, fliehet?

Das Herz glaubt was das Auge siehet;
Und wagt sich so leicht im Dunkeln nicht;
Und soll es ja verlieren müssen,
So will es genau die Summe wissen.«

Und doch (fällt *Gandalin* ihr ein)
Möchte, wenn ich nicht irrig wähne,
In eurem Falle die Ausnahm seyn.
Es ist so etwas in wahrer Schöne,
Ein geistiger alldurchdringender Schein,
Den keine Schleier verbergen können!
Man kann es besser fühlen als nennen:
Es stellt sich, wie unmittelbar,
Den innern Schönheitssinnen dar;
Man fühlt's, wie man – im Seelengrunde
Die unsichtbare Gottheit fühlt.

»Von alle dem hab' ich keine Kunde,
Versetzt die Dame; zuweilen spielt,
Die Fantasie uns heimliche Tücke
Wo man's am wenigsten sich versieht.«

Der Ritter mit gesenktem Blicke
Erseufzt und schweigt.

          Ob sie errieth
Was dieser Seufzer sagen sollte,
Ist nicht bekannt. Mag seyn, sie *wollte*
Nichts wissen. Sie ließ es an seinen Ort
Gestellt, und fuhr, nach einer kleinen
Pause, gelassen also fort:
»Es wird euch etwas seltsam scheinen,
Herr Ritter, daß ich nicht Anfangs gleich,
So klug gewesen als itzt. Was kann ich
Sagen? – Wir fehlen alle mannig-
faltig! – Es war kein weiser Streich,
Drey Jahre vermummt herum zu schlendern
Den *Mann im Monde* zu suchen! – Genug,
Es ist geschehn und nicht zu ändern.

Der Eremit, so alt und klug
Er war, mein Vater, seine Räthe,
Sein Seneschall, alles war dabey;
Besorgten nur, ich möchte zu späte
Kommen:– kurz, es ist vorbey;
Und übermorgen, so bald es taget,
Reis' ich mit Gott und meinem Glück.
Geraden Zuges nach Hause zurück.
Und nun, Herr *Gandalin*, rathschlaget
Mit euerm Herzen: wofern euch hier
Nichts Liebes fesselt, wolltet ihr mir
Auf meiner Reise zum Schirmer dienen?
Kein andrer Ritter in diesem Revier
Hat des Vertrauens mir werth geschienen.«

Mit diesem Wort erhebt sie sich,
Und steht auf einmahl so königlich
Und groß und hehr vor *Gandalin*en
Wie eine Göttin. Der edle Knecht
Gleich nieder auf beide Knie, wie recht,
Und schwört, ihr, bey allem was ihr Schleier
Anbetenswürdiges deckt, ihm sey
Sein liebes Leben nicht halb so theuer.
Als solches Dienstes in aller Treu'
Bey ihr zu pflegen. Doch unverhohlen
Müß' er ihr lassen, ihm sey befohlen
Unfehlbar an einen gewissen Ort
In sechzig Tagen zurückzukehren;
Ihn binde dazu sein Ehrenwort.
Doch sollte nichts in der Welt ihm wehren
Sie zu begleiten, so lang' und weit
Als ihm die vorgeschriebne Zeit
Erlaube. Auch schwor er beym heiligen Grabe,
Sie nicht zu verlassen, bis und dann
Er einen biedern Rittersmann
Statt seiner für sie gefunden habe.

Die Dame willigt sonder Zwang
In sein Beding. Und nun begannen

Die Lerchen ihren Frühgesang,
Und sangen den guten Ritter von dannen.
Sie reicht mit hoher Majestät
Die Hand ihm dar, indem er geht.
Er nahm sie, küßte sie ehrfurchtsvoll;
Ein süßer Schauer fuhr ihm über
Den Rücken dabey, sein Busen schwoll,
Und seufzend verließ er *Je länger je lieber.*

Viertes Buch

Es war just um die Dämmerungszeit,
Kurz eh' den Weg der Sonnenpferde
Der junge Morgen mit Rosen bestreut,
Als unser Ritter, allein und still,
Wie einer der nicht bemerkt seyn will,
Durch Seitenwege nach Hause kehrte.
Der Fluß, das Thal um ihn herum,
Die Hügel, alles um und um
Lag noch in Ungewissem Schatten;
Verworren Erdreich, Wasser und Luft,
Und tausend Formen auf Angern und Matten
Schwimmend, die sich im grauen Duft
In wunderbare Gestalten gatten.
Der Ritter hatte deß wenig Acht,
So gut es zu seinem Zustand paßte.
Das Abenteuer dieser Nacht
(Wovon er immer je minder faßte
Je mehr er sann) stand wie ein Gesicht
Vor seiner Stirn, und blieb da stehen;
Er mochte sich wie er wollte drehen,
Die Augen schließen oder nicht,
Er mußt' es immer vor sich sehen.

Allein als itzt das siegende Licht,
Aus Osten herab ein Meer von Klarheit
Schüttend, auf einmahl die ganze Natur
Entzauberte, wieder das Reich der Wahrheit
Herstellt', und Hügeln, Thal und Flur,
Flüssen und angestrahlten Hainen
In ihrer wahren Gestalt zu erscheinen
Gebot: da wurde dem Ritter, als ob
Ein Traum vor seinen Augen platzte.
»War's nur ein Nachtgeist, der ihn fatzte,
Aus Mohnduft alle die Täuschungen wob
Und ihm für Wahrheit unterschob?
Was soll er glauben? – So unwahrscheinlich

So traumhaft alles von Anbeginn!
Und gleichwohl seinem eignen Sinn
Nicht trauen dürfen, ist gar zu peinlich!«

Drum fängt er wieder von vornen an,
Mahlt alles vom ersten Augenblicke
Sich wieder vor, von Stück zu Stücke:
Die Jungfrau, die ihn seiner Bahn
Entführte, das Gothenschloß, die enge
Wendeltreppe, die langen Gänge,
Das Zimmer das sich ihm aufgethan
Und wieder sich hinter ihm zugeschlossen,
Die Decke von der sich Blumen ergossen
Aus goldnen Körben, die keusche *Susann*
Mit ihrem Busen, das Ruhebette,
Von zweyer Kerzen Silberschein
Beleuchtet, – kurz, nichts war so klein.
Worauf er sich nicht besonnen hätte;
Auch wie, so bald er ins Zimmer hinein
Getreten, beym Anblick der Unsichtbaren
Ein Schauer ihm übern Rücken gefahren,
Als trät' er in einen Keller ein,
Und wie bey ihren ersten Worten
Ihm's wieder auf einmahl so heimlich und warm.
Und lieblich bang ums Herz geworden,
Und alles das – (den schönen Arm
Nicht zu vergessen, an dessen Rundung
Und Lilienglanz sich ohne Entzündung
Nicht denken ließ) kurz, was er sah
Und nicht sah, was er gehört und gesprochen,
Stand alles vor seiner Stirne da,
So rein als wie in Kupfer gestochen.
Das träumt sich nicht, so viel ist klar!
Allein, ob's sonst so richtig war?
Er hatte doch, seines Wissens, an Feen
Sich nie vergangen? – »Wir werden sehen,
Denkt er; doch immer ist's wunderbar l«

Er war nun mittler Weile wieder
Nach Hause gekommen, und hatte kaum.
Um etwas Ruhe zu pflegen, sich nieder-
Gelegt, als *Sonnemon* im Traum
Ihm dar sich stellt, mit strafenden Blicken
Ihm seine Untreu' vorzurücken,
Sie ist's in ihrer Schöne! so ganz
Wie *Sie* nur ist, in allem Glanz
Der reinsten Jugend, in aller Fülle
Von Lieblichkeit! – Und über ihr
Der blaueste Himmel, und unter ihr
Das frischeste Grün; und alles so stille,
Wie in Entzückung, um sie her
Als ob's in sie verschlungen wär'!

Der Traumgott, um ihn baß zu quälen,
Zeigte sie ihm im Morgenkleid,
Dem tausend Kleinigkeiten fehlen,
Die, nach der strengern Sittsamkeit,
Gerade das Reitzendste verhehlen.
In freyen Locken spielt ihr Haar
Um einen schwanenweißen Nacken;
Die Brust beschattet ein Zwillingspaar
Vollblühender Rosen, von ihren Backen
An Röthe beschämt. So nymfenhaft
Schwebt sie in ihrem Röckchen von Taft
Im Grase daher, als schwämme sie oben,
Oder würde vom sanften Hauch
Der Amoretten empor gehoben.

O *Reim*! den werd' ich nimmer loben,
Der *dich* erfand! Zum Henker auch!
Da muß nun hinter einem Strauch,
Bloß, *dir* zu gefallen, mein Träumer stehen,
Um seine Prinzessin kommen zu sehen!
Und stand er (wie's doch möglich war).
Auch wirklich hinter einer *Laube*,
Wie kann ich hoffen daß man's glaube?
»Der Reim, spricht jeder, hat offenbar

Die Laube gepflanzt; und wenn es *Ranken*
Von Reben oder Geißblatt sind,
So haben wir's wieder dem Reim zu *danken*.«
Sey's! wollen uns nicht darüber zanken!
Genug, wie oft der Zufall, so blind
Er seyn soll, die beste Auster findt,
So hat auch dießmahl, wider Hoffen,
Der Reim sich mit der Wahrheit getroffen.
Herr *Gandalin*, in seinem Traum,
Stand wirklich hinter wilden Ranken,
Als über den ebnen grünen Raum
In stillen jungfräulichen Gedanken
Sein holdes Mädchen Vorüber ging.
Schier war er vor Freuden eingesunken,
Wie er sie sah; stand wonnetrunken
Im Boden eingewurzelt, hing
Ganz Aug an jedem ihrer Reitze,
Und schlürfte sie ein mit lüsternem Geitze.
Je näher (in ihrer einsamen Ruh
Ihn nicht gewahrend) sie kam, je enger
Ward ihm sein Busen, bis er nicht länger
Sich halten kann, und auf sie zu
Mit offnen Armen stürzt. Das Rauschen
Der Blätter weckt sie, sie zittert auf,
Wie Rehe mitten im sorglosen Lauf
Auf einmahl stutzen und witternd lauschen:
Und als sie *Gandalinen* erblickt,
Wird einer von den schrecklichsten Blitzen,
Die Amor jemahls abgedrückt,
Aus ihren Augen auf ihn gezückt.
Er fühlt ihn bis in den Fingerspitzen;
Will vieles sagen, doch jeder Ton
Bleibt stecken im Halse; sie will entfliehen;
Er hält sie bittend bey den Knieen,
Und – weg ist Traum und *Sonnemon!*

Träume (das Sprichwort sagt's) *sind Schäume.*
Freydenkerey! – Von Alters her
Dachte man anders. Im Vater Homer

Und weiter hinauf sind immer Träume
Der Götter Werk, nicht Gaukelspiel
Der Fantasie. So war's am Nil,
So war's am *Ganges*; ist so gewesen
Bey allen, die nie im Hume gelesen,
Mit einem Wort, es ist Menschengefühl!
Kein Wunder also, daß unserm Ritter,
Der noch den Kopf voll *Urgroßmütter*
Hatte, die Deutung des Traumgesichts
Zu schaffen machte. »Er hatte doch nichts
Sich vorzuwerfen! Zärtlicher, treuer,
Gewissenhafter (dieß Zeugniß giebt
Sein Herz ihm) hatte noch keiner geliebt.
Anlangend die Dame im Doppelschleier,
Die hatt' er gesehn als säh' er sie nicht;
Ihr eine Gabe zu versagen,
Verbot bekanntlich die Ritterpflicht;
Und wenn er nun in sechzig Tagen
Vor *Sonnemon* sich wieder stellt,
Und bringt von seiner Reis' um die Welt
Sein Herz ihr unversehrt zurücke;
Verdient er mit diesem zürnenden Blicke
Empfangen zu werden? – Doch wie? wenn mich
Mein Schutzgeist warnte? (fuhr er mit sich
Zu reden fort) In sechzig Tagen
Kann viel begegnen; und offenbar
Vermehrt der Schleier nur die Gefahr,
Wenn eine ist. Im letzten Jahr,
Noch in den letzten sechzig Tagen,
Am Rande des Ziels, noch alles zu wagen?
Verlör' ich? – Aber dieß denken nur
Ist Frevel! Was hat der Mann zu wagen,
Der *Sonnemon* davon zu tragen
Gewiß ist? – Und bindt mich nicht mein Schwur,
Und was noch heiligers, Lieb' und Ehre,
Keiner Gefahr, so groß sie wäre,
Nicht auszuweichen? – O *Sonnemon*,
Ich sollt' auf deinen Lippen den Lohn
Der Treu', als Sieger mich erkühnen

Zu nehmen, und ihn nicht verdienen?
Würde dein erster Liebesblick
Sich nicht in tödtenden Blitz verkehren?
Mich nicht in deinen Armen verzehren?
Nein! nimmer siehst du mich wiederkehren.
Als deiner würdig! – Doch, zurück
Mit solchen Gedanken! Wer wird sich über
Gefahren ängsten, wo keine sind?
Wir reisen ohnehin geschwind.,
Und sieben Wochen sind bald vorüber.«

Indem er bey sich, selbst dieß spricht,
Erscheint mit fröhlichem Angesicht
Die *Iris* der Dame *Je Länger Je Lieber,*
Zu fragen wie er geruht, und ihn
Auf diesen Abend zu ihrer Frauen
Zu bitten. »Sie wissen, Herr *Gandalin,*
Den Weg nun selbst; und, im Vertrauen,
Die Reise wird sich wohl verziehn!
Dem Fräulein bekam das *Tête a Tête*
Nicht gar zu wohl. Auch, nehmen Sie mir
Nicht übel, bis zur Morgenröthe,
Das geht ein wenig über Gebühr!"

Wie? sollte sie sich nicht wohl befinden?
Fragt *Gandalin.* – »Ein wenig blaß,
Und Kopfweh – was bedeutet das?
Es wird bis Abend schon verschwinden!«

Nun, weil wir hier allein sind, (spricht
Der Ritter) sage mir – unterm Siegel
Der Freundschaft – ist denn ihr Gesicht
So gar gefährlich, wie man spricht?
Ich zweifle an ihrer Schönheit nicht;
Doch, unter uns, es giebt so *Spiegel,*
Die manchmahl – Du verstehst mich schon!

»Wie? (ruft das *Mädchen*) nach einer so langen
Beichte, noch fragen aus diesem Ton?

Die Zweifel wären Ihnen vergangen,
Dächt' ich?« – Wie so? (spricht *Gandalin*)
Du kannst mir sicher glauben, ich bin
Nach allem, was ich von ihr gesehen,
Um nichts gelehrter als vorhin.
Ich habe Schleier und Röcke gesehen,
Sonst nichts – (hier ward er feuerroth,
So zärtlich war er von Gewissen!)

»Um so viel besser! Danken Sie *Gott!*
Mehr hätten Sie theuer bezahlen müssen;
Sie können mir's glauben, ungestraft
Hat noch kein Mann sie angegafft;
Schwör' Ihnen bey meiner Jungferschaft,
Es ist noch keinem wohl bekommen,
Der sie in Augenschein genommen!«

Wenn's so ist, sollte mich's fast gereun
Zum Schirmer mich erboten zu haben,
Versetzt mein Held. Stets um sie zu seyn,
Und eine Dame von solchen Gaben
Nie anders als in Decken begraben
Zu sehen, wird zuletzt zur Pein.
Die Augen wollen doch auch was haben!

In ihrem Anschaun glücklich zu seyn.
Ist einem *Einzigen* aufgehoben,
Herr Ritter. Das Vorrecht ist nicht klein!
Es lohnt sich der Mühe, der Eine zu seyn!
Wer weiß – vielleicht – die Zeit wird's lehren
(Hier macht die *Iris*, einen Knicks)
Doch, ich verspäte mich – Viel Glücks!
Bin Ihre Dienerin in Ehren!«

Der übrige Theil des Tages verstrich.
Sich auf den Abend anzuschicken;
Und mit den letzten Sonnenblicken
Trabt euch mein Ritter, endelich,
Wohin ihn Pflicht und – Neugier führten.

Denn diese, so sehr er seiner Begierden
Sonst Herr war, plagt ihn doch fürbaß.
Zwar, daß die Dame so sehr ein Drache
Von Schönheit wäre, schien ihm Spaß;
Doch, etwas war doch an der Sache,
Und just genau zu wissen *was*,
Das war's! Auch warf ihm *Satanas*
Ganz leise den Einfall in die Quere,
Es diene schlechterdings zur Ehre
Der unvergleichlichen *Sonnemon*,
Gewiß zu seyn, (zwar war ers schon)
Welche von beiden die Schönste wäre.
Wenn's gleich bey ihm entschieden war,
Die Welt ist launisch! Immer besser
Wenn solche Punkte ganz und gar
Im Klaren sind! – Ein wenig größer
Als *Sonnemon* mochte *die Fremde* seyn.
Das gab unläugbar der Augenschein;
Es mochte drey Finger breit betragen;
Und für das, was man Majestät,
Dianenschaft, Junonität
Benahmset, hat das was zu sagen.
Doch bleibt der andern, wär auch dieß,
Der Preis der *Grazie* gewiß!
Und alle die tausend Charitinnen,
Die einem so unvermerkt das Herz
Wie im Vorbeygehn. abgewinnen,
Der schimmernde Witz, der kitzelnde Scherz,
Die Laune, womit sie an Einem Tage
In tausend Gestalten dar sich stellt,
Stets überrascht und immer gefällt,
Stets Liebe giebt in jeder Lage,
In jedem Licht – in allem dem.
Da ist doch keine Frage, wem
Der Preis gebühre? – »Ich bin der *Junonen*
Gehorsamer Knecht! Respekt so viel
Sie wollen; ich find' es nie zu viel:
Allein – *es leben die Sonnemonen!*«

Fünftes Buch

In solchen Gedanken erreichte mein Held
Das Schloßthor, ohn' es zu gewahren.
Das haben Verliebte von zwanzig Jahren
Voraus! Sie könnten die weite Welt
Umgehn, umtrotten und umfahren:
An guter Gesellschaft leiden sie
(Zumahl in Wüsten) niemahls Mangel;
Sie kämen, mit ihrer Fantasie
Allein, von Goa nach Archangel
Und Lissabon, und wüßten nicht wie.

Die *Iris* that hier wieder das beste.
Das Thor, ging auf. Mein Paladin,
Geputzt als wie zu einem Feste,
Geht ein, durchwandert wie letzthin
Viel Gäng' und Sähle, und findet – (ich wette,
Ohne den *Reim* da hättet ihr's nie
Errathen) das Fräulein – schon *im Bette.*

Im Bette! – Das heißt die Galanterie,
Denkt ihr, ein wenig weit getrieben!
Dem Ritter selbst, beym ersten Blick,
Wollte der Umstand nicht belieben.
Er stolpert' einen Schritt zurück,
Wiewohl der Vorhang auf allen Seiten
Gezogen war. – »Wie soll er's deuten?
Was kann sie meinen?« – Kurz, ihm war
Nicht heimlich dabey. – Doch hätt'er den Staar
An beiden Augen haben mögen,
Er hätte nicht mehr als itzt gesehn,
So richtig schloß der Vorhang, so schön
War alles in Ordnung. – Ungesehn
Und ohne sich (wie es schien) zu regen,
Entschuldigte sich die Dame wegen
Dem ungewöhnlichen Empfang
Mit einer *Migräne* vom ersten Rang,

Bat ihn, am Bette ungescheut
In eine *Bergere* sich zu pflanzen,
Und ließ trotz ihrer Unpäßlichkeit
Gar weidlich ihre Zunge tanzen;
Erzählt mit Laune, satirisiert,
Mahlt Porträts, wie *Marivaux* nicht feiner
Sie mahlt', und macht (wie sich's gebührt,
Damit die Erzählung interessiert)
Das Kleine größer, das Große kleiner.
Das ging wie ein Wetter! Blitz auf Blitz,
Einfall auf Einfall! Empfindung und Witz,
In ewigem Wechsel! Und solch ein Leben
In ihrem Ausdruck! die Farben so warm!
Die Schatten so sanft, man sah sie schweben!
Alles so leicht, so ohne Bestreben
Zu schimmern, und doch so fein gegeben!
Und selbst ihr Spott so ohne Harm!

Herr *Gandalin*, mit verschränktem Arm,
Und Augen, die seinen Ohren hören
Helfen möchten, (auch wär' es Kunst
Was andres hier zu thun als *hören*)
Sitzt da, als wie in Nektardunst
Ein Gott beym Lustgesang der Sfären,
Und wünscht, es möchte so ewig währen.
Und gleichwohl, Freunde, wollt' ich schwören,
In minder als einer Stunde lang
War ihm – vor lauter Wohlseyn bang.

Wie sollt's auch anders? Natur bleibt immer
Natur! – Ein junges Frauenzimmer
Im Bette – Da denkt sich die Fantasey
Gleich allerley Nebendinge dabey;
Und Er, so nah in seiner *Bergere,*
Dem Zug der magischen Atmosfäre
So ausgesetzt! – Wir wissen zwar
Wie gut der Vorhang gezogen war:
Doch, wär' er auch mit Nadeln verriegelt,
Mit Distelköpfen garniert, ja gar

Mit Salomons großem Ringe versiegelt;
Das bessert die Sache nicht um ein Haar.
In solcher Verfassung ist eine Schöne,
Und wäre sie bis an die Zähne
Wie eine *Mumie* einballiert,
Dem *innern Auge* nicht mehr drappiert
Als *Venus Anadyomene;*
Das heißt – nicht allzu gut verwahrt!

Wenn dann noch, wie bey *Gandalinen,*
Die Neugier mit dem Instinkt sich paart;
Die Dame hinter den Gardinen
Ein Wesen gar von höherer Art,
Ein Wunder der Welt, die zehnte Muse,
Die vierte Charis, die zweyte Meduse,
Kurz, etwas ist, woran die Natur
Sich ungewöhnliche Mühe gegeben,
Und ihren Schleier aufzuheben
Von allen Sterblichen Einem nur
Vergönnt ist; und dem Manne neben
Dem Bette flüstert Satan ein:
»Er könnte vielleicht der Einzige seyn« –
Gesteht, bey so bewandten Sachen
Hätt' es euch selbst, so klug ihr seyd,
Begegnen können, aus Menschlichkeit
Wohl einen dummen Streich zu machen!

Dem Ritter wurde zum Schwitzen warm;
Er streckt bald dieses Bein, bald jenes.
Stemmt sich auf diesen und jenen Arm,
Und hört von allem was sie ihm Schönes
Und Witziges sagt, wie zwischen Traum
Und Wachen, wohl die Hälfte kaum;
Hat immer auf Einfäll' oder Fragen
Nichts – oder was ungeschicktes zu sagen;
Scheint viel zu denken, an seinem Daum
Nagend, und immer sich selbst zu fragen:
Was dacht' ich da? – Man will gar sagen,
Er hätte des Vorhangs äußersten Saum,

Zu Häupten, mit Zeigefinger und Daum
Ganz sacht ein wenig weggeschoben:
Allein zu einer Beschuldigung
Von solcher Schwere gehören Proben!
Herr *Gandalin* war freylich jung;
Und alles erwogen was wir oben
In Rechnung gebracht – genug, zum Glück
Erzählte im nehmlichen Augenblick,
Da die Gefahr sich zu vergessen
Aufs höchste stieg, die Dame just:
»Wie ein *Französchen* sich einst vermessen
Wollen, und wie sie ihm die Lust
Dazu vertrieben.« – Nicht anders als zücke
Ein Blitz gerad an ihm vorbey,
Schnappten beym ersten Worte die drey
Schon ausgestreckten Finger zurücke:
Und so ersparte ihm dieses Mahl
Der gütige Zufall eine Qual –
Wovon die mächtig große Zahl
Der Leutchen, die *sich* nichts übel nehmen,
Nie was begreifen konnten – die Qual
Sich seiner vor *sich selbst* zu schämen!

Was konnte der gute Ritter nun
Für seine Sicherheit klügers thun,
Als stracks, wie Fräulein im Erzählen
Pausierte, nach der Uhr zu sehn,
Sich ihr zu Gnaden zu empfehlen,
Und sachte seiner Wege zu gehn?
Nun ließ er's zwar daran nicht fehlen;
Er ging. Allein ich weiß nicht was
Ging mit, so bald er den Rücken wandte,
Das ihn wie Feuer im Busen brannte.
Es war nicht *Liebe* – es war nicht *Haß* –
Denn, wenn er sie liebte: warum denn nannte
Er *ihren* Nahmen sich selber nie?
Die *Unsichtbare*, die *Unbekannte*,
Das Fräulein *wie heißt sie schon?* – und nie
Je länger je lieber! – *Haßt'* er sie:

Woher die tödliche Langeweile
Wo Sie nicht war? – und ewig: »*Was mag
Die Glocke seyn?*« den ganzen Tag,
Und immer geklagt, die Sonne theile
So ungleich mit der Nacht! – und dann,
So bald sie untergeht, die Eile,
Die Ungeduld! – und die Laune, wann
Der König ihn ungefähr bey Hofe
Zurück hält, oder die Kammerzofe
Des Fräuleins (wie sich's dann und wann
Begab) die leidige Nachricht brachte,
Sie sey aufs Land, sie übernachte
Bey einer Freundin, oder so was,
Das seine Hoffnung zu Wasser, machte!

Ich weiß nicht – aber alles das
Macht seinen Zustand schier verdächtig.
Doch, muß man sagen, (so wenig der Schein
Ihm schmeichelt) er blieb doch seiner mächtig;
Blieb immer standhaft bey seinem Nein,
Wenn Fragen an sein Gewissen pochten,
Die ihm verfänglich Scheinen mochten.
Die Schwüre, die er von Zeit zu Zeit
In dieser versuchungsvollen Lage
Der holden *Sonnemon* erneut,
Gewannen nun mit jedem Tage
Um so viel mehr Verdienstlichkeit,
Weil eine kleine Begebenheit
Die vorbesagte Lage ziemlich
Verschlimmert hatte. Die Sache ist zwar
Des Ritters Klugheit nicht sehr rühmlich;
Allein, was thut das? Wahr ist wahr!

Gewohnheit, Vorsatz, oder beide
Hatten die oberwähnte Begier
Nach unerlaubter Augenweide
(Wovon er mehr als Einmahl schier
Das Opfer geworden) unmerklicher Weise
Eingeschläfert; doch freylich so leise,

Daß auch der leiseste Mückenstich
Sie weckte. Nun hatte des Fräuleins Zofe
Die Art von vielen Mädchen bey Hofe,
Die gern in alles, sonderlich
In Herzenssachen, ihr Schnäutzchen stecken,
Und, wär's auch nur für andre, sich
Mit Amorn gar zu gerne necken.
Besonders nahm sie die schönen Knaben
Gelegenheitlich in ihren Schutz,
Die über Kaltsinn oder Trutz
Von ihrer Göttin zu klagen haben.
Sie hörte sie voller Mitleid an,
That was sie konnte, den armen Sündern
Die Schmerzen mit ihrem Troste zu lindern.
Und hätt' oft gerne noch mehr gethan.

Mit solcher Neigung zu Liebeswerken,
Fiel's ihr nicht eben schwer, zu merken
Daß unsern Ritter der ewige Zwang,
Das Fraulein nur hinter Wolken zu sehen.
Zu manchem stillen Seufzer drang.
Das ließ sie sich so zu Herzen gehen,
Daß sie zu etwas sich entschloß,
Das unter allen Zofen auf Erden,
Nicht *zwey* – der *dritten* verzeihen werden.

Urtheilet selbst! – Des Fräuleins Schloß
Stieß hinten an einen großen Garten,
Und schlängelnd durch den Garten floß
Ein Bach, mit Büschen aller Arten
Umgeben, Hohlunder und Schasmin,
Rosen, Akacia, und so weiter –
Auf glatten Kieseln, still und heiter
Rieselt' er zwischen den Büschen hin
Sich windend, blinkte wie ein Spiegel
Bald da bald dort durch wankendes Rohr
Und dünn gewebte Zweige, verlor
Allmählich sich hinter einem Hügel
Voll Bäume, kam anderswo hervor,

Machte bald kleine Wasserfälle,
Bald unter Felsen und wildem Gesträuch
Zum Baden eine sichre Stelle,
So heimlich, still und dunkel, daß euch,
So wie ihr den Ort betratet, gleich
Die Lust zu baden ergriff. –

               – »Herr Ritter,
(Sagte die Zofe) Sie dauern mich!
Mein Fräulein macht Ihnen das Leben bitter.
Sie ist auch gar zu wunderlich! –
Auf ihre Gefahr! – Zum wenigsten ich,
Ich habe keyn Herz, den armen Nächsten
So leiden zu sehn! gestehe gern,
Ich bin auf diesem Fleck am schwächsten,
Und denke, schöne junge Herr'n
Sind drum nicht weniger unsre Nächsten
Als andre Leute – kurz und gut,
Sie sind doch unser Fleisch und Blut!
Und, Gott verzeih' mir's! die armen Seelen
So heidnisch zu plagen und zu quälen,
Ist wahrlich Sünde; ich legte dafür
Die Hand ins Feuer! – Wohlan, Herr Ritter,
Ich schaffe Rath. Was geben Sie mir,
Wofern ich Ihre Neubegier –
So viel als hinter einem Gitter
Von Laub und Buschwerk möglich ist
Noch diesen nehmlichen Abend stille?«

Der gute Ritter, in der Fülle
Der trunknen Freude, herzt und küßt
Das Mädchen, und leeret seine Säcke
In ihre Schürze! –Kurz, noch heut
Verspricht die Zofe ihm *ohne Decke*
Ihr Fräulein zu zeigen. Ort und Zeit,
Mittel und Weg, Gelegenheit
Des Bades, und alles lang und breit
Wird ihm aufs klärste vorgespiegelt;

Anbey, zu mehrerer Zierlichkeit,
Der Handel mit einem Kuß versiegelt.

»O Ritter, Ritter *Gandalin!*
Wo kommt's mit eurer Treu' noch hin?
Wer hätte sich deß zu euch versehen?« –
Es ist, ich muß es selbst gestehen!
Abscheulich! – »So geht's – wie oft ist's euch
Seit *Adam* und *Eve* bewiesen worden! –
So geht's, wenn Menschen – die doch zum Orden
Vernünftiger Wesen gehören – sich gleich
Bey jeder Versuchung von ihren Begierden
Hinreißen lassen! Moralisierten
Die Leute nur sieben Minuten lang
Mit *kaltem* Blut erst über die Sachen,
Sie würden solche Streiche nicht machen!
Allein da läßt man sich vom Hang
Der sinnlichen Lüste« – Herr *Sittenlehrer,*
So dankt dem Himmel doch dafür,
Daß es *so* ist! Was wolltet denn *Ihr*
Beginnen, ihr andern Weltbekehrer,
Wenn's anders würde? – Ich wette, dann
War's wieder nicht recht! An *aber* und *wann*
Wird's euers gleichen nimmer fehlen.
Itzt, da wir nicht klüger sind – als ihr,
Ist ewiger Hader: würden wir
Weiser, (wiewohl die Natur dafür
Gesorgt hat!) so ging' es an ein Schmählen
Auf unsre Weisheit. –.Ich sag' es auch,
Es ist ein garstiger böser Brauch
Daß sich die Leute so gern vergaffen,
So sorglos in jede Grube hinein
Stolpern, und immer, wie wahre Laffen,
Erst räsonieren hinter drein!
Die ersten Menschen, die wir *erschaffen,*
Die sollen ganz andre Leute seyn!
Inzwischen sparen wir unsre Lunge!
Was hilft das ewige Hadern und Schrey'n?

Wir schrey'n am Ende doch nichts hinein
Und nichts heraus!

Der gute Junge
(Um wieder nach diesem Seitensprunge
Auf ihn zu Kommen) hatte kaum
Nach Zöfchens Abschied ein wenig Raum
Sich zu *besinnen*, flugs erwachte
Die *bessere Seele* aus ihrem Schlaf,
Und sah was ihre Rivalin machte.
Anfangs guckte sie wie ein Schaf,
Bestürzt und mächtiglich verlegen.
Der Streich war gleichwohl zu verwegen!
Doch stritt sie, nach ihrer guten Art,
Zuerst gelassen mit Gründen dagegen.
Allein da jene, nach *ihrer* Art,
Statt Gründe bey *Gränen* abzuwägen,
Nur platt auf ihrem Sinn beharrt.
So kam's von Worten zuletzt zu Schlägen.
Die Heldin kämpfte ritterlich
Auf Leben und Tod, auf Hieb und Stich;
Nur für den Erfolg kann niemand stehen,
Zumahl in diesem Seelenkrieg!
Die *blonde Seele* verdiente Trofeen:
Allein – was ihr vorher gesehen
Geschah – die *braune* behielt den *Sieg*.

Sechstes Buch

Sie nahte nun, die furchtbare Stunde,
Da *Gandalin* weit größere Fahr,
Als alle *Ritter* der *Tafelrunde*
Je untergangen, bestehen war.

Ein säuselnd Abendlüftchen kühlte
Die lechzende Au'; und durchs Gebüsch
Und um die schlanken Pappeln spielte
Die sinkende Sonne zauberisch.
Die Schatten wuchsen, wurden immer
Nächtlicher um das stille Bad;
Nur einzeln funkeln am Gestad
Vergüldete Rosen im warmen Schimmer
Des Abendstrahls. – In sich hinein
Geschmiegt, umlauschend, und über und über
Jungfräulich erröthend, wiewohl allein,
Sitzt schon auf weich bemoostem Stein
Die *neue Diana Je länger je lieber* ,
Die Füße weißer als Elfenbein,
Im Wasser. Und nun – O flieh, wenn Fliehen
Noch möglich ist! Wo schaust du hin,
Verirrter, armer *Gandalin?*
Zu spät! – Da blinzt er, auf den Knien,
In Rosen, wo sie am dicksten blühen,
Versteckt, so unbeweglich hin,
Als hätt' er Medusens Haupt gesehenen,
Und müßte nun zum Denkmahl stehen.

Das Schauspiel freylich war so schön!
So schön, daß von benachbarten Zweigen
Mitten in ihrem Lustgetön
Die kleinen Vögelein plötzlich schweigen,
Bis auf die dünnsten Äste steigen,
Und mit gestrecktem Hälschen sich
Es anzuschauen herunter beugen.
Die grüne Nacht, so schauerlich.

Die Luft, wie Athem der Liebe, die Sonne
In Gold zerfließend, – alles mehrt,
Erhebt, vollendet des Anblicks Wonne,
Und macht ihn eines Gottes werth.

Dergleichen Scenen auszuhalten
Ist einem jeden nicht beschert.
Ich lass' es gelten von alten, kalten
Heil'gen *Roberten* von *Arbrissel!*
Die durften, den Satan baß zu plagen,
Sich wohl in größte Gefahren wagen.
Allein ein armer Junggesell,
Wie unser Ritter, ist zu beklagen,
Der, durch sein eigen Fleisch und Blut
Und einer Zofe Schlangenzunge
Verführt, in unbesonnenem Muth
Mitten in eine Solche Gluth
Gefallen ist. Der arme Junge!
Nun, da er nicht mehr fliehen kann,
Nun werden die Augen ihm aufgethan!

»Und könnt' er (denkt ihr) gegenüber
So einem Schauspiel noch an Fliehn
Gedenken? – Er ist nun einmahl über
Den *Rubikon!* Die That war kühn!
Allein, jetzt ist *Je länger je lieber*
Das Wort!« – So denk' ich selbst – gewiß
Fühlt's auch der Ritter; und eben dieß
Drang ihn zur Flucht. – Er war verloren,
Hätt' ihn nicht *Sonnemon* noch beym Ohren-
Läppchen gezupft. »Flieh, *Gandalin!*«
Hört' er sie flüstern – und eilig fliehn
Wollt' er. Allein Wie kann er weichen?
Das kleinste Rauschen in den Sträuchen
Entdeckt ihn. – Gott! Eh' stürze ihn.
Ein Donnerkeil zu ihren Füßen!
Eh' hätt' er mit eigner wüthender Hand
Sich beide Augen ausgerissen!
Gut, daß sich noch ein Mittel fand,

Das, wenigstens ohne Blutvergießen,
Ihn noch im Sinken oben hält.
»*Das war?*« – Das simpelste von der Welt;
Nichts als die Augen *zuzuschließen.*

»Das konnt' er thun?« – Er that's. – Dieß kann
Nicht möglich seyn! Wer soll das glauben?«
Genug, er that's. Und welcher Mann
In seiner Lage das *nicht* kann,
Ist allenfalls ein Biedermann,
(Ich will ihm seinen Ruhm nicht rauben)
Ein frommer, orthodoxer Mann,
Ein guter, unbescholtner Filister,
Und alles was ihr wollt, – nur ist er
Kein *Held.* Und freylich ein Held zu seyn
Ist keine Sache zum erzwingen;
Es würde manchem nicht gelingen,
Der es versuchen wollte. Allein
Ein Held bleibt Mensch – (von *Wundergaben*
Ist nicht die Rede). Der unsre hier
Mochte wohl einmahl oder zwier
(Nur durch den Daumen) *geblinzelt* haben;
Doch drückt' er die Augen im nehmlichen Nu
Nach jedem Mahle fester zu.

Die Dame hatte nun ausgebadet,
Und, ihrer Würde unbeschadet,
Dem armen Lauscher viel Augenlust
Um einen theuern Preis gewähret.
Denn ach! der Unglückselige kehret
Mit einem brennenden Pfeil in der Brust
Zurück nach Hause. Immer und immer
Steht sie, im goldnen Abendschimmer,
So lieblich erröthend, vor seinem Gesicht!
Immer in diesem magischen Licht,
Das zwischen Rosen und grünen Büschen
Sich in die zärtlichsten Farben bricht.
Vergebens strebt er's auszuwischen,
Das unauslöschliche Zauberbild!

Vergebens in seiner Seele das Bild
Der schönen *Sonnemon* aufzufrischen!
Dieß sieht er schwinden mit jedem Tag,
Und seufzt, und ängstigt sich, und mag
Nicht helfen! kann weder sich selbst belügen,
Noch über *Je länger je lieber siegen,*
Sie meiden *darf* er nicht; ihm fehlt
Ein Vorwand, den er ihr gestehen
Könnte; und täglich sie zu sehen«
Und zu verbergen was ihn quält,
Mit keinem Wörtchen sich zu vergehen,
Verhehlen des Feuers Ungestüm
Das ihn verzehrt, indem vor ihm
Sich täglich das Badgesicht erneuert –
Das ist zu viel! – Denn, Drapperie
Und Mäntel und Schleier, was können *die*
Nun helfen? Ein Augenblick hat Sie
Auf ewig und immer für ihn *entschleiert.*
Die Damen in der Tapisserie
Stehn barer nicht vor ihm als Sie.

Und sollt' ich erst die Qualen beschreiben,
Die, wie die *Furien* den *Orest,*
Mit Schlangenpeitschen herum ihn treiben,
Wenn ihn das Liebesgötternest
In seinem Busen, auf nächtlichem Lager,
Nicht eine Minute ruhen läßt;
Und wie gesunken, wie blaß und hager
Er aussieht, wie ewige Reu' ihn zwickt,
Und Gram, der, auf den Lippen erstickt,
Aus hohlen Augen verräthrisch blickt:
Gewiß, ihr könntet euch kaum erwehren,
Sein Leiden – wiewohl die bittre Frucht
Der Sünde – mit einem Thränchen zu ehren;
Denn, ach! wer wurde nie versucht?

Oft wenn das brennende Gewissen,
Die Qual sich selbst verachten zu müssen,
Er länger nicht ertragen kann,

Fällt wüthend der Gedank' ihn an,
Sein treulos Herz sich aus dem Leibe
Zu reißen, und dem geliebten Weibe,
Dem's angehört, an seiner Statt
Es zuzuschicken – um ihr zu zeigen
Wie sie die Liebe gerochen hat.
»O *Sonnemon,* dir nichts zu schweigen
Gelobt' ich – Sieh, dieß Herz, das *Dich*
Nur lieben sollte! – In wenig Wochen
Warst du gewonnen! – O Götter! und ich,
Ich Schwacher – hatte *zu viel* gesprochen!
Dieß Herz verrieth, verführte mich;
Allein, so hab' ich dich gerochen!«

Sein *weißer Dämon,* zu gutem Glück
Wachsam, hielt ihm, die Hand zurück.
»Wozu dich selbst so quälen? flüstert
Der Engel ihm zu: du bist aus Thon
Gebildet wie jeder Erdensohn,
Bist mit den Thieren des Felds verschwistert,
Und unterworfen dem Geräusch
Der Leidenschaften, wie alles Fleisch.
Nur laß den Kampf dich nicht ermüden!
Der Sieg ist zwar noch unentschieden;
Doch, *wolle nur,* so ist er *dein*!«
Kurz, (denn euch kann nichts fremdes seyn
Wie Engel in solchen Fällen sprechen)
So wie der Ritter sein Verbrechen
In einem mildern Lichte sieht,
Legt sich der Sturm in seinem Geblüt.
Er fühlt sich noch nicht ganz verlassen,
Beginnet wieder Muth zu fassen;
Dem Muthe folgt Entschlossenheit,
Und nun wird's auch im Vorhaupt heller.
Was ist zu thun? Die furchtbare Zeit
Der Wiederkehr rückt täglich schneller
Ihm auf den Leib: er muß noch heute
Das Fräulein nöthen Paris zu verlassen;
Und dann den ersten Rittersmann

Zwingen, den er bezwingen kann,
Statt seiner mit ihr sich zu befassen.

Unstreitig war kein andrer Rath;
Zumahl bey Hofe und in der Stadt,
Und, wenig fehlte, auf allen Gassen,
Von nichts als *Gandalins Avantür*
Gesprochen wurde. – Ich bitte, die Zofe
Nicht in Verdacht zu ziehn. Von ihr
Entwischte nichts. Allein bey Hofe
Waren auf unsern Helden zu viel
Augen gespannt, um ihnen sein Spiel
So lange verheimlichen zu können;
Zumahl Verschwendung in Vorsicht nie
Sein Fehler war. Es ging ihm wie
Dem Strauß: er meinte, weil er sie
Nicht sah, sie könnten auch ihn nicht sehen;
Und dachte wenig, wie große Müh.
Die Rache - dürstenden bösen Feen
Sich gäben, überall spät und früh
Spionen auf jeden seiner Tritte
Ihm nachzuschicken. Nun denkt, wenn ihn
Die *Fanferlüschen* in die Mitte
Kriegten, (ihr kennt ja Hofessitte)
Wie's da dem guten Paladin
Ergehen mochte! Zehn tausend Bienen
Hätten ihn nicht so arg bedienen
Können; alles war über ihn!
So daß zuletzt das Feld zu räumen
Das einzige Rettungsmittel schien.

Noch *einen* Grund, sich nicht zu säumen,
Darf ich nicht schweigen, wie gern ich's thät',
Um nicht der *beleidigten Majestät*
Des schönen Geschlechts verdächtig zu werden.
Zwar ist es gegen den Respekt,
Aus Ton der Stimme, Blicken, Geberden,
Auf das was eine im Herzen versteckt
Zu schließen. Allein von einer Schönen

Nicht eher, *daß sie liebt,* zu wähnen,
Als bis sie's vor *Notarius*
Und Zeugen förmlich eingestanden,
Das machte, durch einen simpeln Schluß,
Alle Filosofie zu Schanden;
Und (unter uns) das schöne Geschlecht
Käm' immer am schlimmsten dabey zurecht,

Es bleib' euch also unverhohlen,
Daß auch in *unsers Fräuleins* Herz
Die Liebe sich endlich eingestohlen;
Die Liebe, mit der sie immer nur Scherz
Getrieben. Nun that sie freylich alles
Was ehrbarn Mädchen solchen Falles
Geziemt, damit der Ritter ja
Nichts von der Sache merken sollte;
Und was dann immer geschieht, geschah
Auch hier: ein Blinder nehmlich sah,
Sie trug was, das sie verbergen wollte;
Und daß es bare *Liebe* sey
Errieth sich ohne Zauberey.
Sagt, einer habe Feuer im Busen
Heimlich getragen; ich stell's dahin,
Wiewohl ich's zu glauben nicht schuldig bin:
Allein daß einer Liebe im Busen
Heimlich getragen – sagt mir nichts
Davon! Das sieht man Angesichts,
Es kann nicht seyn! Am allermindsten
Verbirgt sich das *vor dem es gilt.*
Ah, Mädchen, just mit deinen Künsten
Verräthst du, was du verbergen willt!,

Es ist nicht ohne, daß kleine Meister
Der Liebeskunst sich oft und gern
Hierin betrügen. Den jungen Herr'n
Steigen sogleich die Lebensgeister,
Wenn etwann in ihrer Gegenwart
Ein Seufzer (oft nichts bey einer Schönen
Als eine höfliche Art zu gähnen)

Ein Halstuch hebt. Doch dieser Art
War unser Ritter nicht. Beweise
Von großer Stärke gehörten dazu,
Damit der Gedank' in ihm nur leise
Entstehen könnt', er sey der Ruh'
Von einer schönen Dame gefährlich.
Alle Beweise, die ihr davon
Entwischten und jedem andern es klärlich
Bewiesen hätten, – der kränkelnde Ton,
Der Wellen werfende Busen, das Feuer
In ihren Augen, durch sieben Schleier
Unaufgehalten, und daß sie sich
Mitten in einem zärtlichen Blicke
Schnell von ihm wandt', und oft und dicke
Ihr ganz zur Unzeit ein Seufzer entschlich,
Der, wie zwey Tropfen Wassers, einem
Neu ausgekrochnen Amor glich,
Und hundert solche Zeichen, die keinem
Erfahrnen unverständlich sind,
Hätt' er so wenig als ein Kind
Verstanden, wenn eigne Liebesschmerzen
Ihm nicht den Schlüssel zu ihrem Herzen
Gegeben hätten. Indessen bin
Ich doch nicht Bürge für seine *Schlüsse*.
Ihn könnte doch sein sechster Sinn
Betrogen haben. Allein darin,
Daß er durch Fliehn sich retten müsse
In jedem Falle, betrog er sich
Gewiß nicht! Die Flucht ist sicherlich
(Das *Unterliegen* ausgenommen)
Der einzige Weg, aus einem Streit
Mit Amorn leidlich wegzukommen.

Nunmehr verlor er keine Zeit
Das Fräulein von der Notwendigkeit,
Ihr Leibkameel flugs zu besteigen,
Durch viele Gründe zu überzeugen;
Oder, was einerley Wirkung that,
Sie wenigstens zum Gehorchen und Schweigen

Zu bringen. Auf Seinen guten Rath
Reiste sie nur mit wenig Staat,
Den Laurern möglichst vorzubeugen.
Vorsicht, wiewohl sie zuweilen sich
Verrechnet, ist immer löbelich.

So zogen nun, in tiefer Stille,
Den Kopf vorhängend, Sie und Er
Im Morgenrothe gemach daher,
Gedrückt von ihrer Gedankenfülle.
Sie waren kaum zwey Stunden gereist,
Als ihnen aus einem nahen Holze,
Den Speer gefällt, mit großem Stolze,
Ein *blauer Ritter* entgegen sich spreißt.
Er hatte hinter seinem Rücken
Ein altes Weiblein aufgepackt,
Eins von den seltsamsten Hausrathsstücken
Womit sich je ein Ritter geplackt:
Ein Weibchen von solchem Schrot und Korne,
Daß die berühmte *Maritorne*,
Mit ihrem feuerfarbnen Haar
Und allen übrigen Zugehören
Den Magen ganz sanft euch umzukehren.!
An ihrer Seite – *Venus* war.

Warum mit einer solchen *Megäre*
Der blaue Ritter seine Mähre
Beladen mögen, wundert euch?
Es war ein angelegter Streich, -
Dem *Gandalin* eine Gegenehre
Im Nahmen der Schönen von Paris
Für seine Galanterie zu erweisen,
Daß er sie sämmtlich sitzen ließ.
Mit einer *Maske* davon zu reisen.

Der Ritter, ein langer Damenknecht,
Der zwischen Nägel- und Lanzengefecht
Den Unterschied, in den vierzehn Jahren
Seit er die ersten Hosen trug,

Vermuthlich noch nicht sehr erfahren,
Hatte sich selber stark genug
Gefühlt, mit seinem ersten Speere,
Mit dem er lief, gewaltige Ehre
Einzulegen an *Gandalin;*
Und (wie er den Damen voraus verkündigt)
Das Bürschchen ein wenig überzuziehn,
Das sich an ihren Reitzen versündigt,

In solchem Vorsatz stellt' er sich,
So wohlgemuth als ging's zum Tanze,
Dem kommenden Ritter trotziglich
Entgegen mit eingelegter Lanze,
Und schrie von ferne schon: Halt ein!
Hier ist der Weg gesperrt, Herr Reiter!
Und so ihr etwa Lust habt weiter
Zu reisen mit euerm Jüngferlein,
So nehmt den Helm ab und bekennet,
Daß diese Prinzessin, für die ihr brennet
Und die mit euch die Welt durchstreicht,
Der *meinen*, hinten auf meinem Schimmel,
An Schönheit nicht das Wasser reicht;
Bekennt es laut vor Erd' und Himmel,
Und zieht dann meinetwegen wohin
Ihr wollt mit eurer Königin!

Mein Ritter sieht mit kaltem Blicke
Ihn seitwärts an, und: »Herr Pennal,
Tragt eure Dame ins Spital,
Woher ihr sie geholt, zurücke,
(Spricht er) ich habe keine Zeit
Mich aufzuhalten.«

       Das ist mir leid,
(Erwiedert jener) desto schlimmer!
Denn ohne Fechten kommt ihr nimmer
Von hier; es seydenn ihr bekennt
Wie obsteht. – »Das möchte vor meinem End'
Wohl schwerlich geschehn, mein Herr!«

So sprechen
Wir mit einander. – »Nun, (versetzt
Mein Ritter) wenn etliche Rippen zu brechen
Euch denn so übermäßig ergötzt,
So kommt! Euch aus dem Sattel zu stechen
Braucht's eben keine große Zeit.
Nur her!« – Und so begann der Streit.
Die Alte sprang in großer Eile
Vom Pferd, und kroch auf ihrem Bauch
Vor Angst in einen Brombeerstrauch;
Und beide Ritter ohne Weile
Spornten die Rosse, hohlten aus,
Stießen zusammen in hartem Strauß,
Und krack! da liegt auf allen Vieren
Mein Prahler, ohne sich zu rühren.

Herr *Gandalin*, an dessen Schild
Sein schwacher Stoß leicht abgeglitten,
Springt ab vom Roß, hebt freundlich und mild
Den Gegner auf, nach Rittersitten,
»Der Fall war unsanft! es thut mir leid!
Allein ihr wolltet's.« – Kleinigkeit!
Mein Gaul ist nicht zum Ritter geschlagen,
(Erwiedert jener etwas schel)
Doch wenn ihr noch einen Gang zu wagen
Lust habt, so hängt zu euerm Befehl
Hier ein Geschmeid' an meiner Linken.

»Von Herzen gern – (spricht unser Held)
Ich seh' euch zwar ein wenig hinken,
Ein wenig viel! Wenn's euch gefällt
So warten wir noch.« – Nicht eine Minute. –
Ich fühle mich an Arm und Muthe
Für einen Amadis stark genug.

»Das freut mich herzlich zu vernehmen;
Doch werdet ihr, vor dem Degenzug
Zu einer Bedingung euch bequemen.« –
Die ist? – »Wenn ich (spricht *Gandalin*)

Euch zu entwaffnen so glücklich bin,
Die Dame in euern Schutz zu nehmen,
Die bey mir ist.«

Die Dame? (spricht
Rings um sich schauend der blaue Ritter)
Ich sehe keine Dame nicht.
Wo ist sie! – Ha! die wird ein Dritter,
Indessen das kleine Lustgesteck
Uns aufhielt, weggeblasen haben!
Der Streich, Herr Bruder, ist etwas frech,
Ich muß gestehn! – Ich hörte was traben,
(Däuchte mir) aber hatte nicht Zeit
Mich umzusehen. Es scheint, ihr seyd
In ihrer Gunst noch nicht gar weit
Vorgerückt, daß sie euch so zu grämen
Über ihr Herz erhalten kann?
Ey, ey! auch nur nicht Abschied zu nehmen!

»Wie? Sie ist fort? (ruft unser Mann
Bestürzt) Verschwunden, oder es kann
Nicht möglich seyn! – Welch Abenteuer!
Ich muß ihr nach! Ein andermahl.
Herr Ritter! jetzt ist keine Wahl!
Die alte Freundschaft geht vor neuer!«

Indem springt er mit Einem Sprung
In seinen Sattel, und, wie er den Schwung.
Nehmen will, glänzt im Gras ein Schleier
Ihm in die Augen. Sein Herz erkennt
Den Schleier, eh' ihm sein Aug' ihn nennt:
Er ist des Fräuleins! – Und ohne vom Pferde
Zu steigen, rafft er im Flug ihn auf,
Küßt ihn und drückt ihn, giebt dem Pferde
Die Sporen, und unter seinem Lauf
Verschwindet rings um ihn die Erde.

Siebentes Buch

Vier lange Tage sind nun vorüber,
Seit *Gandalin* die verlorne Spur
Der wundervollen *Je länger je lieber*
Berg auf Berg ab im hitzigsten Fieber
Der Ungeduld sucht, durch Wald und Flur
Bey Tag und Nacht *Je länger je lieber*
Rufet, sie von der ganzen Natur
Vergebens fordert, und gleich von Sinnen
Kommen möchte, daß überall
Die Leute so ruhig sitzen, spinnen,
Ihr Feld bestellen, Haus und Stall
In trägem angewöhntem Trabe
Beschicken, und wenn er keichend fragt,
»Ob niemand die Dame gesehen habe?«
Der rohe Knecht, die dicke Magd
Mit klotzenden Augen und offnem Maule
Den tollen Herrn, auf seinem Gaule
Begaffen, und was er da gesagt
So wenig verstehn als wär' es Böhmisch.

Bey solchem Erfolg vergeht der Drang
Zum Suchen endlich. Mild und grämisch
Wirft er nach Sonnenuntergang
Am fünften Abend sich vom Pferde,
Legt sich an eines Hügels Hang
Der Länge nach auf Gottes Erde,
Und bleibt wohl eine Stunde lang
So liegen, indeß sein treuer Schimmel
Im Grase geht! Und wie am Himmel
In stiller Pracht die Cherubin,
Jeder in seine Strahlensфäre
Gehüllt, beginnen aufzuziehn,
Denkt er: Ach, wer da droben wäre!

Zuletzt erbarmt der Schlaf sich sein
Und riegelt alle seine Sinnen

Dem Unmtuh zu von außen und innen.
Er schläft, wiewohl ein bloßer Stein
Sein Küssen ist, gar lieblich ein.
Schläft ruhig bis zum Sonnenschein,
Und hätte den Tag dazu verschlafen:
Wenn nicht ein Schäfer, nah dabey
Vorüber ziehend mit seinen Schafen,
Den schönen Morgen auf seiner Schalmey
Aus voller Brust bewillkommt hätte.

Jetzt wacht von seinem steinernen Bette
Mein Ritter auf, schaut um sich her,
Und sieht als wie ein grünes Meer
Von Auen und Wiesen vor ihm verbreitet,
Mit Gruppen von Bäumen gar mahlerisch
Erhoben, alles lebend und frisch
Im Morgenlichte, das drüber gleitet,
Und zwischen Schilf und krausem Gebüsch
Ein schimmernd Flüßchen in sanften Schlangen
Sich längs der Ebne hinunter ziehn.

Wie nennt ihr den Fluß? fragt *Gandalin*.
Die *Senn'*, antwortet unbefangen
Der Schäfer. – Und, wie wenn hart am Baum,
In dessen Schatten ein Wandrer kaum
Entschlummert war, mit schmetterndem Krachen
Der Donner aus einem schweren Traum
Den Schläfer weckt, und im Erwachen
Der Schrecken, der ihm durch sein Gebein
Noch schaudert, die Freude gerettet zu seyn
Erst übertäubt, doch beym Besinnen
Bald Dank und Freude den Sieg gewinnen:
Nicht anders trifft des Schäfers Wort
Auf *Gandalins* Herz. – »Die *Senn'*! o Götter!«
Denkt er, und schaudert, wie dürre Blätter
In herbstlicher Luft – erkennt den Ort,
Den *Sonnemons* Blicke zum Himmel machen:
Und o was für Gefühl' erwachen
Auf einmahl dringend in seiner Brust!

So nah! O Überschwang von Lust!
Auf einmahl ist der Zauber zerbrochen:
Was ihn in diesen letzten Wochen
Gefangen hielt, war nur ein Traum,
Ein Feenspiel, ein magischer Traum;
Allein der Zauber ist zerbrochen,
Wie Wolkengemählde im Sonnenglanz
Zerronnen! – Er ist zum vorigen Leben
Erwacht, sich selber wiedergegeben!
Sein Herz, sein Wesen wieder ganz
In *Sonnemon*, ganz, ganz verschlungen
Von wonnevollen Erinnerungen
Und Ahndungen! – O so nahe! (ruft
Er freudetrunken) so nahe! Die Zinnen
Von Ihrer Burg sind's was im Duft
Dort schimmert! Ihr Athem ist in der Luft
Die an mich weht! Auf, auf, von hinnen!
Was säum' ich? Diese Wellen rinnen
Zu ihr hinunter, kommen von mir
Hinab zu jenen Schlangenbüschen,
Wo sie in diesem Nu vielleicht
Einsam durch junge Rosen schleicht.
Im Morgenduft sich anzufrischen.

Dieß denken, und auf sein wiehernd Roß
Sich schwingen, und mit verhängtem Zügel
Schnell wie ein Vogel hinunter den Hügel,
Schießen, war Eins. Kurz, *Sonnemons* Schloß
Ist wirklich erreicht, eh' *Titans* Pferde
Von ihrer Tagreis' um die Erde
Den sechsten Theil zurück gelegt,
Nun denkt, ob, wie er über die Brücke
Hinreitet, sein armes Herz ihm schlägt!
Die Stunde, die seinem Liebesglücke
Das Urtheil sprechen sollte, sie war
Nun da, sein dreyfach Prüfungsjahr
Vorüber! Er hatte in fernen Landen,
Vom Abgott seiner Seele verbannt,
Manch schweres Abenteuer bestanden!

Doch Sie – die ihm mit Mund und Hand,
Wofern er nie die Treue gebrochen,
Sich selbst zum *Minnesold* versprochen:
Hatte sie euch, in all der Zeit,
Nie seiner und ihres Schwurs vergessen?
Ihr Leichtsinn! Ihre Flüchtigkeit!
Gott! hätt' ein andrer sich indessen
In ihre Gunst zu stehlen gewußt!
Drey Jahre, belagert von allen Seiten,
Es auszuhalten hat Schwierigkeiten!
Die Narben an seiner eignen Brust
Sind, leider! Zeugen. – Tausend solche
Aber und *Wenn* durchkreuzen sich
Und wühlen und nagen, wie tausend Molche,
An seinem Busen jämmerlich,
So wie sich ihm die Pforte vom Himmel
Aufthat. Selbst sein treuer Schimmel
Nahm Theil an seines Herren Pein,
Und lenkte, so munter er kaum geflogen,
Die Ohren wie ein Eselein,
Indem sie übern Schloßhof zogen.

Indeß, so bald vom Thurm herab
Das übliche Zeichen, wenn ein Ritter
Sich einfand vor dem ersten Gitter,
Der *Zwerg* mit seinem Horne gab,
Kamen vier Knaben aus dem Schlosse
Hervor, vier Knaben wie Milch und Blut,
Mit Federbüschen auf dem Hut,
Den Ritter auf ihres Fräuleins Schlosse
Willkommen zu heißen. Sie bückten sich
Zur Erde, halfen ihm hurtig vom Rosse.
Und führten ihn dann gar sittiglich
In einen mit großen Hirschgeweihen
Gezierten Sahl. Da traten im Reihen
Vier schöne Jungfrauen in den Sahl,
In steifen Röcken mit hohen Kragen,
Die neigten sich vor ihm zumahl,
Schnallten ihm, ohn' ein Wort zu sagen,

Die Rüstung ab mit zarter Hand,
Warfen ein scharlachroth Gewand
Ihm an, das bis zum Boden nieder
Wallte, und zogen, nachdem sie sich
Vor ihm verneigt, gar züchtiglich
Und still, in voriger Ordnung wieder
Zur Thür hinaus. Die schloß sich kaum,
So kommen vier neue Ganymeden,
Ihn, gleichfalls ohn' ein Wort zu reden,
Ins Bad zu führen. – Ein schöner Traum
Scheint alles, was mit ihm geschiehet,
Dem staunenden Ritter, wiewohl ein Traum
Worin ihm gute Hoffnung blühet.
Im Bade ließen die Knäbelein
Ihn sechs Minuten kaum allein,
So kamen sie alle beladen wieder
Mit goldnen Büchsen und feinem Tuch,
Trocknen ihn, reiben ihm sanft die Glieder
Mit Salben von köstlichem Wohlgeruch.
Und, wie jetzt alle die heil'gen Gebräuche
Des Bades vollbracht sind, helfen sie ihn
Von Fuß auf anziehn, legen reiche
Kleider ihm an, und *Gandalin*
Geht nun (mit *Vater Homer* zu reden)
Gleich einem Gott hervor, und wer
Ihn ansieht, zischelt den Ganymeden,
Voll süßen Wunders, *wer ist der?*
Und schaut ihm nach. – So stattlich gezieret,
Schön wie ein Stern im Morgengrau.
Und frischer als eine Rose im Thau,
Tritt er, von seinen Knaben geführet,
Den Sahl hinein, wo *Sonnemon,*
Wie Venus auf ihrem Rosenthron,
Auf einem Sofa rings umgeben
Von Liebessklaven, Tod und Leben
Aus ihren Augen austheilt. Kaum
Läßt sie – und o mit welchen süßen
Blicken, die Augen auf ihn schießen:
So sieht sie ihn schon zu ihren Füßen,

Die Lippen an ihres Rockes, Saum
Drückend, in Reden sich ergießen,
Die ohne Zusammenhang, ohne Sinn,
Nur desto stärker sein Entzücken
Mahlen. Sie reicht mit freundlichem Nicken,
Wie billig, die schöne Hand ihm hin,
Und sagt, indem sie ihm aufzustehen
Befiehlt und seinem berauschten Mund
Die Hand entzieht mit sanftem Drehen,
Es sey ihr lieb, so frisch und gesund
Nach so viel Zeit ihn wiederzusehen.
»Däucht Ihnen (spricht sie zu zwey bis drey
Umstehenden Herren vom seufzenden Orden)
Däucht Ihnen nicht auch, Herr *Gandalin* sey
Auf seinen Reisen fetter geworden?«

Es war ein wenig Schelmerey
In dieser Frage: doch freudetrunken
Wie *Gandalin* war, empfand er nichts
Davon; so ganz hinein gesunken
In jeden Reitz des Wonnegesichts
War sein Gefühl, so lauter Augen
Sein ganzes Wesen, es einzusaugen!
Das Fräulein, als er zum letzten Mahl
Sie sah, glich einer Rosenknospe,
Die eben im warmen Sonnenstrahl
Sich schamhaft öffnet: itzt war die Knospe
Zur wollustathmenden, reifen, vollen
Blume Cytherens aufgequollen!
Stand vor ihm da, so engelgleich,
Und zog sein Seelchen so ganz hinüber
Auf Einen Zug ins Himmelreich!
War jemahls eine *Je länger je lieber*
Gewesen? – Er wußte nichts davon;
Sie hatte sich in *Sonnemon*
Verloren! Der *Lethe* selber hätte
Mit allem Wasser in seinem Bette
Sie reiner aus seinem Gedächtniß nicht
Ausspülen können. –

Indessen spricht
Das Fräulein, frey und unbefangen,
Von vielerley; wirft dann und wann
Wohl einen Blick auf unsern Mann,
Den er gefällig deuten kann,
Doch ohne daß ihre Rosenwangen
Sich höher färben; fragt, »wie ihm *Rom*
Gefallen habe? wie hoch der Dom
Zu Mailand sey?« und zwanzig Fragen
In diesem Geschmack, die offenbar
Ihr eben so wenig all ihm verschlagen:
Doch nur ein Wort von dem zu sagen
Was seinem Herzen so wichtig war –
Nicht eine Sylbe! Die redendsten Blicke
Gab sie ihm ohne Antwort zurücke;
Vergebens seufzt er etlichemahl
Als wollte das Herz im Leib' ihm brechen;
Und da er endlich den Augenblick stahl
Sie ganz von ferne an ihr Versprechen
Zu mahnen, wußte sie wie ein Aal
Ihm durch die Finger zu entwischen.

Sogar das Liebeln und heimliche Zischen
Ins Ohr des Nachbars – der jungen Herr'n
Um *Sonnemon,* war *Gandalinen*
Ein Zeichen, es habe kein günstiger Stern
Zu seiner Wiederkunft geschienen.
Unmuthig, und seinen Gram in sich
Verschlingend, ergriff er endlich das beste
Mittel in solchen Fällen – er schlich
(Ohne das Ende von einem Feste,
Das *Sonnemon* ihrem Hofe gab,
Auszuwarten) die Treppen hinab,
Und eilends hinaus zur Schlossespforte,
Wie schaudernd aus einem verpesteten Orte
Ein Wandrer flieht – wankt hin und her,
Kommt endlich vom Instinkt geleitet,
In seine alte Wohnung, die leer

Und auf sein Wiederkommen bereitet
Geblieben war.

          Kaum hatt' er hier
Sich hingeworfen, der Ungebühr
Die ihm geschehen, der Liebe, dem Hofe
Fluchend – so klopft was an die Thür.
Er läßt's wohl dreymahl oder vier
Klopfen; und wie er endlich, der Thür
Zu schonen, öffnet – so steht die *Zofe* –
(Denkt, ob ihm nicht die Sinne schier
Vergingen?) – *Je länger je lieber's* Zofe
Steht vor ihm da! Er fährt zurück;
Doch, um ihn keinen Augenblick
Im Zweifel zu lassen, läuft sie mit warmen
Aus Fleisch und Bein gedrehten Armen
Ihm an den Hals, erfreut sich sehr,
Nach langem Hin- und Wiedertraben,
Und Suchen im ganzen Land umher,
Ihn endlich, wieder gefunden zu haben.
»Mein Fräulein« – Wie? ruft *Gandalin*,
Auch die ist hier? – »Zu dienen.« – Ich bin
Verwirrt! Ihr müsset hexen können!
»Ein wenig, so was man im Haus gebraucht,
Ich muß gestehn.« – Bey Gott, mir raucht
Der Kopf! Wie soll ich das alles nennen
Was mir begegnet! – Dein Fräulein hier! –
Gut! und was will sie denn von mir?

»Wie? was sie will? Welch eine Frage!
Sie sind, verzeihen Sie, daß ich's sage,
Nicht wohl bey Laune, mein Herr! – Schon
gut!
Behalten Sie immer Ihr kaltes Blut
Wofern Sie können! Wir wollen sehen!«

Und was denn? was denn werden wir sehen?

»So hören Sie an! – Was noch vor Jahr
Und Tag bey Menschen *unmöglich* war.
Ich sag', unmöglich – das ist geschehen!
Ich, meines Orts, ich hätte mir klar
Weit eher des Himmels Sturz versehen.
Mein Fräulein, die alles was Liebe heißt
Nicht ausstehn konnte, die lauter Geist
Und Göttin war, vom Frauenzimmer
Nichts hatte als bloß den äußern Schein,
Der Herren, die um sie buhlten, immer
Nur spottete, und bey ihrer Pein
So wenig als ein Kieselstein
Fühlte – mein Fräulein – Ich kann ermessen,
Herr Ritter, Sie kennen mein Fräulein noch,
Sie haben den Abend noch nicht vergessen,
Den schönen Abend –«

                So mache doch
Ein Ende! –

            »Nur nicht so hitzig! Sie hören
Ja nicht! – Mein Fräulein also dann –
Hat endlich den wundervollen Mann
Gefunden, der sie zur Liebe bekehren
Sollte, und kurz – *Sie* sind der Mann!
Mein Fräulein liebt Sie – in allen Ehren
Versteht sich – was man lieben kann,
Und bittet, wofern Sie noch an sie denken,
Heut' Abends um gewöhnliche Zeit
Ihr Dero werthe Gesellschaft zu schenken.
Um zehn Uhr halten Sie Sich bereit,
Ich komme Sie abzuhohlen.« –

            Verlegen
Bestürzt, verwirrt, unschlüssig schien
Bey diesem Antrag *Gandalin*;
Saß lange da, den Kopf zurücke
Gelehnt, die Augen geschlossen, den Mund
Zusammen gedrückt. Auf einmahl stund

Er auf, schoß unruhvolle Blicke
Umher, und knirscht' in sich hinein:
Nein, nimmermehr! es kann nicht seyn!

»Nun, reden Sie! Soll ich meiner Dame
Sagen, Sie kommen?« –

                    Es kann nicht seyn!

»Sie sagen mir das? Es kann nicht seyn!
Sie *sind's* doch? Oder ist Ihr Nahme
Nicht *Gandalin*? – Und, *es kann nicht seyn,*
Das wäre die Antwort? – Die arme Dame!
Sie hält's nicht aus! es ist zu viel!
Herr Ritter! wie konnten Sie alles Gefühl,
Alles Gedächtnis so schnell verlieren?«

Weg, Satan! du sollst mich nicht verführen,
Ruft *Gandalin* wüthend – Fort! hinaus! –
Die Zofe lächelt seiner Hitze;
Es sind doch, denkt sie, nur Schauspielsblitze;
Verneigt sich, und eilet aus dem Haus.

Kaum hört er auf den untersten Stufen
Noch ihren Absatz, so wandelt ihn
Der Einfall an, sie zurück zu rufen.
Weg war sie! – Armer *Gandalin*!
Unglücklicher! mit dir selbst schon wieder
Im Krieg! – Kaum sieht er sich allein,
So fährt's ihm kalt durch alle Glieder,
Er sinkt auf seinen Schrägen nieder,
Und: Sollt' es (denkt er) möglich seyn?
Wie trifft denn das Orakel ein?
Sie sollte ja nicht eher lieben.
Als bis sie einen aufgetrieben,
Dem sie, wiewohl er unverhüllt
Sie nie erblickt, *je länger je lieber* –
»Elender! du zweifelst noch? und willt
Dir's läugnen, wie oft dein Gewissen dich über

Der brennenden That ertappte? willt
Dir's läugnen, daß sie dir immer lieber
Und lieber wurde? Ach! nur zu wahr.
Ist das Orakel! bey den Ohren
Halt' ich den Wolf – 's ist offenbar,
Seh' ich sie wieder, so bin ich verloren!
Ihr, deren bloßer Nahme mich schon
Zum Kinde macht, zu widerstehen?
Unmöglich! – Und käm' ich auch davon
Mit halbem Herzen – o *Sonnemon,*
Wie *dürft'* ich, *könnt'* ich dir's gestehen?
Wie dir nur wieder ins Auge sehen
Nach solcher That? – Nein, nimmermehr!
Nein, Engel, Abgott meines Herzens,
Und hättest du mich noch so sehr
Beleidigt, gespottet meines Schmerzens
Und meiner Liebe – du herrschest doch
In meiner Brust! Ich trage dein Joch
So schwer es ist, und will es tragen
Bis Würmer an diesem Herzen nagen!«

So spricht er zu sich selbst, und stärkt
Zur Treue sich durch tausend Schwüre.
Darüber schleicht ihn unvermerkt
Die Nacht; und plötzlich thut die Thüre
Sich auf, und siehe! im Vollmondschein
Tritt Fräulein *Je länger je lieber* herein.

Achtes Buch

Nun setzt den Fall, ihr läget allein,
Um Mitternacht, auf euerm Lager
Und wiegtet euch bey Mondesschein
Mit schlafbefördernden Bildern ein;
Auf einmahl träte bleich und hager
Ein langer weißer Geist herein,
Mit Leichentüchern über und über
Behangen, setzte sich gegenüber,
Und starrte aus hohlen Augen voll Gluth,
Die Zähne fletschend, zu euch herüber:
Wie wär' euch wohl dabey zu Muth?
Ich wett' euch würde mächtig bange
Ums Herz! allein gewißlich lange
So bang als unserm Helden nicht,
Wie er auf einmahl, sich nichts versehend,
Je länger je lieber vor seinem Gesicht
In ihrer ganzen Größe stehend
Erblickt. – Und gleichwohl zeigte sie sich
Nichts weniger als gespensterlich.
Kein Engel hätt' in einer mildern,
Holdern, gefälligern Gestalt
Erscheinen können. Sie war – »Halt! halt!
Nur keine Beschreibung – Das ewige Schildern!
Es macht den Dichter und Hörer kalt!« –
Ich schweige. Genug, ihr kennt die Dame,
Und mögt sie selbst nach Herzensgier
Euch mahlen in eurer eignen Manier,
Gefaßt in eine so schöne Rahme
Als euch behaget – allenfalls,
In langem weißem Atlaßkleide;
Nur, bitt' ich, nicht zu viel Geschmeide!
Bloß Perlenschnüre um Arm' und Hals:
Den Schleier ja nicht zu vergessen;
(Denn noch ist ihr verboten, dessen
Sich abzuthun) doch deck' er bloß
Das Angesicht, und durch doppeltes Leinen

Mag etwa einer Erbse groß
Von ihrem steigenden Busen scheinen!

Des Ritters Lage bey allem dem
War weder sicher noch bequem.
Im plötzlichen Aufruhr aller Sinnen
Was kann er sagen, was beginnen?
Vermeiden wollt' er die Zaubergestalt,
Aus seinem Herzen mit Gewalt
Sie reißen, und sollt' es dran verbluten!
Dieß hatt' er noch vor wenig Minuten
Geschworen. Was könnt' ihm ärgers geschehn,
Als dieser Nothzwang, sie zu sehn?

Sein erster Gedank' *auch itzt* war – *Fliehen*,
Fliehn, wie der keusche Josef dort
Der Sünd' entfloh – Allein Ein Wort,
Ein Ton – den Mond vom Himmel zu ziehen,
Hemmt seinen Fuß. Er steht erschlafft,
Gelähmt und zitternd, und ohne Kraft
Nur Athem zu hohlen.

                »Du kannst mich fliehen?«
War alles, was sie selbst vor Schmerz
Zu sagen vermochte.

                Ein Dolch ins Herz
Ist ihm der Ton womit sie's sagte;
Ihm brechen die Knie, er sinkt betäubt
An einem Stuhl zu Boden – bleibt
Wohl eine halbe Viertelstunde
So liegen – lüftet dann und wann
Die Augen nach ihr, will reden, und kann
Nicht reden, ihm stockt die Luft im Munde;
Indeß die Dame, ihr Haupt gestüzt
Auf beide Arme und über die Stirne
Die Hände verschränkt, am Fenster sitzt
Und schweigt. – Sein einzig Hoffen itzt
Ist, daß sie grimmig auf ihn zürne.

Allein er hört sie von Zeit zu Zeit
Erseufzen, mit solcher Zärtlichkeit,
Daß tausend Nadeln sein Herz durchstechen.
Zuletzt – um es ihm gar zu brechen –
Scheint, wie im Drang der Liebe dahin
Gezogen, sich eine von ihren Händen,
Als suchte sie ihn, nach ihm zu wenden.

Dieß war zu viel für *Gandalin!*
Auf rafft er sich, im heftigsten Sturme
Der Leidenschaft, wirft neben sie
Sich nieder, verbirgt auf ihrem Knie
Sein weinend Auge, hätte zum Wurme
Verschrumpfen mögen, um sein Vergehn
Und, was sie durch ihn leiden müssen,
Im Staube zertreten, abzubüßen.

Die Dame schien zu ihren Füßen
Mit Wonnegefühl ihn liegen zu sehn.
»Ist's möglich? rief sie in Entzücken,
Er liebt mich? Seine Lippen drücken
Den Schwur der Liebe, das heil'ge Pfand
Der ewigen Treu', auf meine Hand?
Mein ist das Recht ihn zu beglücken,
Sein Herz mein Königreich, mein Thron,
Mein Himmel! und keine *Sonnemon*
Soll mir's entreißen?« –

        Mit was für Blicken
Der Ritter beym Nahmen *Sonnemon*
Zusammen fuhr; das ängstliche Zücken,
Nicht anders als ob ein Skorpion
Aus ihren Lippen in seinen Busen
Gefahren wäre – das sollt' ein Mann
Wie *Rubens* anders, als ich's kann,
Euch mahlen, und wenn auch alle Musen
Mir mahlen hälfen! – Ha, welch ein Wort,
Unglückliche, (ruft er mit Ergrimmen,
Und schleudert die Hand weit von sich fort,

Auf der noch seine Thränen schwimmen)
Welch einen Nahmen wagtest du
Zu nennen! – O, daß der nehmliche Nu,
Da ich in deine Atmosfäre
Gerieth, mein letzter gewesen wäre!
O Zauberin, laß ab von mir!
Was hilft es dir Gewalt zu üben?
Mein Wille schwört sich los von dir,
Warum mich zwingen dich zu lieben? –
Gut! triumfiere! du siegst – doch klein
Soll deines Sieges Freude seyn!
Ich will zu *Sonnemon* dich führen,
In deiner Gegenwart alles ihr
Bekennen, und dann, vor deinen und ihren
Augen, die Liebe an ihr und dir
Rächend, dieß schwache Herz durchbohren,
Das dich verrieth, ihr falsch geschworen! –

Die Dame, statt vor Gift und Wuth
(Wie ihr vermuthet) zu Boden zu sinken,
Schien alles dieß mit frohem Muth
Wie Nektar in sich hinein zu trinken
Und wie sie glaubte der erste Jast
Sey ausgeschäumt, sprach sie mit süßen
Geberden: »Gleich! zu meinen Füßen
Nieder, und was du gelästert hast
Mir abgebeten! Das muß ich wissen
Ob du mich liebst! Dein innerster Sinn
Liegt vor mir aufgeschlossen; ich bin
Zufrieden, ich bin geliebt und liebe!
Unglücklicher Mensch, was quälest du,
Dich selbst und die du liebst? Wozu
Entgegen kämpfen dem süßen Triebe?
Gieb dich gefangen! *Lieb' um Liebe!*
Und Freuden, ohne Maß!« –

O Du –
Antwortet er ihr mit zitterndem Munde,
Die Hände ringend – Du hast mich zu

Grunde
Gerichtet! weg ist meine Ruh
Auf ewig, und Schande und Verderben
Mein Antheil. Laß mich, laß mich, sterben!
Ich kann in deinem Zauberbann
Nicht dauern, du unnennbares Wesen!
Wer bist du? Flieh', verschwind'! ich kann
Dich nicht ertragen, nicht genesen
Wo *Du* bist! Meine Lieb' ist Haß,
Nicht Liebe; sie brennt wie Höllenfeuer
In meinem Busen. Laß mich, laß
Mich sterben! – Oder reiß den Schleier
Von diesen Zauberaugen, und laß
Dich anschau'n, und im ersten Blicke
Verzehre mich! –

        Aus Furcht, er rücke
Den Arm nach ihrem Schleier, wich
Das Fräulein ein wenig erschreckt zurücke;
Indessen sah man sichtbarlich,
Es kämpfe was in ihrem Herzen.
Doch faßte sie sich, und: »*Gandalin*,
(Sprach sie) ich müßte was ich bin
Nicht seyn, um kalt bey deinen Schmerzen
Zu bleiben. Allein, sprich selber, sprich,
Was könnte *Sonnemon* und ich,
Jede, mit einem *halben* Herzen
Machen? Es muß zum letzten Entschluß
Zum *Wählen zwischen uns*, kommen – es muß!
Itzt schwebst du schwankend zwischen beiden.
Nimm, Lieber, diese Nacht dazu,
Bring erst dein tobendes Blut zur Ruh,
Und morgen – laß dein Herz entscheiden!« –

Dieß sagen, und, ohne daß er das *Wie*
Wahrnahm, aus seinen Augen schwinden,
War Eins. Er suchte mit eifriger Müh
Oben und unten, vorn und hinten
Im Hause – sie war nicht mehr zu finden.

Nun denket was für eine Nacht
Der gute Ritter in solcher Lage,
So trostlos einsam, zugebracht!
Es war die längste bitterste Nacht
Die je vor seinem Todestage
Ein armer Sünder durchgewacht.
Dem Manne, der mir Schaf' und Rinder
Und Haus und Hof und Weib und Kinder
Geraubt, geschändet und umgebracht
Hätte, – ich wünscht' ihm weder Acht
Noch Kirchenbann, auch nicht von Mäusen
Gefressen zu werden im Mäusethurm
Wie Bischof *Hatto*, noch von Läusen
Wie König *Herodes*, noch im Sturm,
Von tausend grinsenden Toden umgeben,
Sechs Tage in einer mastlosen Jacht
Auf Wogenspitzen im Meer zu schweben:
Ich wünscht' ihm – *eine solche Nacht!*

Als nun die goldne Sonne wieder
Zu scheinen begann, sprang *Gandalin*
Von seinem Lager, so bleich und grün
Wie liebessieche Mädchen, und müder
Als hätt' er in einer Novembernacht
In Regen und Sturm, durch tiefe Felder
Und Sumpf und Moor und träufelnde Wälder,
Sechs Meilen in Einem Zug gemacht.

Er öffnet ein Fenster, schlürft und sauget
Den Sonnengeist in sich hinein,
Der alle Leibes- und Seelenpein
Unendlich mehr zu lindern tauget,
Als *Paracelsens* Laudanum,
Und alle Essenzen, Elixiere
Und schmerzbetäubende Klystiere
Im *großen Dispensatorium*.
Ihm ist als wehe im jungen Morgen
Ein Gott ihn an, und seine Sorgen
Verlieren im Ocean des Lichts

Die Hälfte des drückenden Gewichts;
Und, wie er da steht im Überrocke,
Mit offner Brust und fliegender Locke,
Greift er mechanisch nach Stock und Hut
Und eilt hinaus in dumpfem Muth
Ins Freye, – läuft mit großen Schritten
Den Lindengang hinab, dann mitten
Die Wiesen durch, dann übern Steg,
Den Rain hinauf, dann linker Seite
Quer übers holprige Brachfeld weg,
In solcher Hast, daß alle Leute,
An denen er so vorüber schwirrt,
Stillstehend gaffen und denken müssen:
»Der läuft, wie *Kain*, vor seinem Gewissen!«

So war er lange herum geirrt,
Als er zuletzt, wie einem Traume
Entwachend, in *Sonnemons* Park sich fand.
Da warf er neben einem Baume
Sich nieder, streckte Fuß und Hand
Und lechzte wie ein Fisch im Sand.
Doch macht' ihm das Gefühl Vergnügen
Auf *Sonnemons* Grund und Boden zu liegen.
Allmählich, wie des Morgens früh
Halb geistige leichte Dunstgestalten
Am röthlichen Himmel sich entfalten,
Dämmern in seiner Fantasie
Die Bilder auf von jenen Tagen
Und Stunden der ersten süßen Plagen
Der Liebe, da er in diesem Hain
So manchen Abend bey Mondesschein
Den stillen Blumen sein Leid zu klagen
Verweilte, so manchen halben Tag
In einer Hecke verborgen lag,
Um *Sonnemon* im Vorübergehen
Durchs Laub verstohlen nachzusehen:
Und unter diesen Träumereyn
Schläft er in süßer Ermattung ein.

Ihm hatten die freundlichen Waldesgötter
Zwey Stunden sein gesenktes Haupt
Auf ihren Schooß zu legen erlaubt,
Als – eine Hand voll Rosenblätter,
An seine Wangen mit leichter Hand
Geworfen, ihn weckte. Sein Erstaunen,
Da *Sonnemon* im Morgengewand,
Reitzend wie Flora, die langen braunen
Locken halb mit einem Band
Gefesselt, halb am weißen Nacken
Hinwallend, mit hold erröthenden Backen
Und lieblichen Blicken, vor ihm stand –
Sein süßes Erschrecken, und was er empfand
Indem sie ihm ihre Grazienhand
Zum Aufstehn reichte, – und sein Entzücken
Und seine Angst – o *Mutter Natur*,
Wie könnt' ich das alles in Worte drücken?
So eine Scene fühlt sich nur.

Mit ungewöhnlicher Huld und Milde
In ihrem Wesen, Blick und Ton
Führt ihn die schöne *Sonnemon*
Zu einem Sitz, wo Efeu und wilde
Reben, zum selbst gewachsnen Dach
Verwebt, der Sonne den Paß versagen.
Im Gehen bat sie ihn, ihr Betragen
Bey seinem Empfang im Vorgemach
Dem leidigen Zwang der *Etikette*
Und dem beschwerlichen Mückenschwarm
Der Höflinge beyzumessen. – »Sie hätte
So gerne sich ihm mit offnem Arm
Entgegen gestürzt, den lieben Getreuen
So gern an ihren Busen gedrückt!
Allein vor so viel Zeugenreihen
Hätte sich's freylich nicht wohl geschickt.
Doch nun, da keine Laurer uns stören,
Itzt hör' und laß von dir mich hören
Was nach so langer Trennung das Herz
Uns eingiebt! – Nichts von altem Schmerz,

Nichts das den süßen Augenblick trüben
Könnte! von Zweifeln und Fragen nichts,
Ob du auch immer treu geblieben!
Die Antwort steht mit Zügen des Lichts
Auf deiner offnen Stirne geschrieben.«

Dieß war zu viel! – Mit jedem Blick,
Mit jedem Wort ein feuriger Zwick
In seine schuldbewußte Seele!
Es war zu viel! – Wie grauer Duft
Schwamm's ihm ums Aug'; er schnappte nach Luft,
Ihm schlug das Herz bis an die Kehle;
Und wär' ihm der gute Genius
Der Liebe mit einem Thränenguß
Nicht eilends noch zu Hülfe gekommen,
Es hätt' ein trauriges Ende genommen.

Was ist dir, rief sie: – *Gandalin!*
Du weinst? Du ächzest,? – *Gandalin!*
Was ist dir? Rede! Woher dieß Zagen?

»O nichts mehr, *Sonnemon!* – Ich kann,
Du Engel, ich kann dich nicht ertragen,
Nicht diesen Blick, nicht diesen Ton!
O daß ich leben muß, zu sagen,
Es *dir* zu sagen: *Sonnemon,*
Du irrst dich, ich, bin deiner Liebe
Nicht werth! – Und doch – O Gott der Liebe,
Du weißt, wie bis ins dritte Jahr
Jeder auch meiner geheimsten Triebe,
Mein Wachen und Schlaf, ihr heilig war!
Wie alle Reitze der schönsten Gestalten
Zurück von diesem Herzen prallten,
Worin sie unverrückt gethront!
Und wie ich bis zum zehnten Mond
Des dritten Jahres ausgehalten.
Armsel'ger Ruhm! was hilfst du mir?
Ein Augenblick hat dich vernichtet.
Und wie? – Du hieltest's für erdichtet,

Wenn jeder andre, als ich, es dir
Erzähle.« –

    Und nun begann er treulich
Ihr alles zu beichten, Stück für Stück,
Wie's mit *Je länger je lieber* ihm neulich
Ergangen, vom ersten Augenblick
Bis zu der unverhofften Erscheinung
Der gestrigen Nacht.

    Mit großer Ruh
Hört sie ihm bis zum Ende zu,
Und: Soll ich (spricht sie) meine Meinung
Dir sagen? – Du warst nie ungetreu,
Und bist es *noch* nicht, hast mich immer
Geliebt, und alles ist Feerey
Was dir mit diesem Frauenzimmer
Begegnet ist.

    »Ach, könnt' ich hiervon
Mich überzeugen! ruft der Ritter.
Oft dacht' ich's auch – und täuschte mich
Damit. Zumahl, wenn sie zur Cither
So lieblich sang; dann glaubt' ich *Dich*
Zu hören, und ach! ihr gegenüber
Empfand ich alles was ich für Dich
Empfinde – quälte mich selbst darüber,
Verbannte, so bald ich von ihr ging,
Ihr Bild aus meinem Herzen, – und fing
Gleich wieder Feuer, so wie ich wieder
In ihren Zauberzirkel trat.«

Sehr abenteu'rlich in der That!
(Rief *Sonnemon*, erröthend, und nieder
Die Augen schlagend) Doch, sage mir frey,
Wenn ich die kleine Schwärmerey
Nun übersehe, (denn Hexerey
That augenscheinlich das meiste dabey)
Und wenn ich, zufrieden mit deiner Treu',

Mit diesem Kusse dir verzeihe;.
Was sagst du?

　　　　»Daß ich zu elend bin
Das Leben länger zu ertragen!
Du Engel von Güte! was kann ich sagen?
Noch schwebt sie mir zu stark im Sinn,
Die gestrige Nacht – Ach! *Ihr* zu Füßen
Lag ich, wie jetzt zu *deinen* hier,
Wünschte die Liebe, die ich ihr
Bekannte, mit meinem Blute zu büßen.
Und liebte sie doch! – und fühlte mich,
Mit Allmacht zu ihr hingezogen! –
Ach, *Sonnemon!* – ich habe *dich,*
Und ach! – mich hat mein Herz betrogen!
Und nun, was bleibt mir übrig, als
Zu sterben?«

　　　　Das gute Fräulein konnte
Sich kaum enthalten ihm an den Hals
Zu fallen, so mächtiglich begonnte
Die Liebe für ihn in ihrer Brust
Zu sprechen; doch hielt sie noch die Lust.
Ihm was sie fühlte zu gestehen
Zurück, und: Höre mich, sagte sie,
Die Dame wird dich wiederzusehen
Wünschen –

　　　　»O! – (unterbricht er) nie
Soll dieß mit meinem Willen geschehen!«

Es *soll!* ich will's! (erwiederte sie)
Das Zauberwesen muß vergehen!
Ja, *Gandalin,* du *sollst* sie sehen
Und mich dazu! – und wenn alsdann
Dein Herz sich nicht entscheiden kann,
So müßt' ich, – nichts davon verstehen.

Mit diesen Worten, verließ sie ihn
Verräth'risch lächelnd, und – war
verschwunden
Eh' *Gandalin* von seinen Knien
Sich, zu erheben Kraft gefunden.
Ihr Lächeln, und wie sie sich betrug
Beym ganzen Handel, war Lichts genug:
Allein, ihm blieben die Augen gebunden.
Verwirrter als je in seinem Sinn
Kommt er nach Hause – irrt aus einem
Zimmer ins andre – weiß in keinem
Was er gewollt – steht auf, sitzt hin,
Wird ausgekämmt und angezogen,
Setzt sich zu Tische, ißt, und – weißt
So wenig davon, als wäre sein Geist
Zum Mann im Mond hinauf geflogen.
Nie ward ihm, seit er Luft gesogen,
Ein Abend so unerträglich lang,
Bald hofft er von der Katastrofe
Alles, bald wird ihm wieder so bang
Als naht' er seinem Untergang
Mit jeder Sekunde. – Wo bleibt die Zofe?
Was säumt sie? fragt er wohl hundertmahl
In Einer Stunde, (wie wartende Kinder
Am Niklasabend) und schaudert nicht minder,
So oft ein Fußtritt auf dem Sahl
Sich hören läßt. – Und wie sie endlich,
Ein Blendlaternchen in der Hand,
Sich einstellt, ward er wie die Wand
So weiß, und zitterte so schändlich,
Wie *Doktor Faust* im Fastnachtsspiel,
Da seine letzte Viertelstunde
Zu Ende läuft, sein schreckliches Ziel
Nun da ist, und zum Höllenschlunde
Ihn unter Blitz und Donnergeroll
Der böse Feind nun hohlen soll.

»So machen Sie doch? Was soll das Zaudern?
Herr Ritter! ich glaube gar Sie schaudern?

Ha, ha! nun merk' ich's! Sie wissen's schon? –
Man möcht' uns gern dieVolte schlagen.
Die schöne Gräfin *Sonnemon* –
Sie komme nur! hat nichts zu sagen!
Sie wird an unserm Siegeswagen
Gar stattlich ziehn! – Nur frisch gewagt,
Herr Ritter, und sprecht, ich hab's gesagt;
So bald mein Fräulein *Je länger je lieber*
Den Schleier fallen lassen wird,
So ist auf einmahl der Streit vorüber,
Oder, – ich hätte mich sehr geirrt!«

Der Ritter, ohne der Klappermühle
Ein Ohr zu leihn, steht, wie beym Spiele
Ein Mann der viel verloren hat,
Und nun versucht ist, auf ein Blatt
Sein ganzes Hab' und Gut zu wagen.
Tiefsinnig, in sich hinein gekehrt,
Steht er im Zweifel – Plötzlich fährt
Er auf und denkt: Ich will es wagen!
Ein einz'ger Augenblick voll Muth
Macht alles Geschehene wieder gut,
Ja, *Sonnemon*, ich will dich rächen!
Die Stolze, die dir Hohn zu sprechen
Vermeint – entschleiert soll sie stehn,
Und im Moment, wo sie zu siegen
Gewiß ist – sich Verworfen sehn!

Ein schnell aufloderndes Vergnügen.
Blitzt über seine Wangen hin,
Indem er Muth und festen Sinn
Sich zutraut, diesen Sieg zu siegen.
Er folget nun im großen Trab
Der führenden *Iris* auf und ab,
Durch unbekannte Winkelgassen,
Die wenig Gutes vermuthen lassen!
Auch half das Blendlaternchen mehr
Zum Dunkelmachen als zum Leuchten.
So ging's nun lange hin und her,

Bis sie ein Hinterpförtchen erreichten.
Die Zofe klopft. Es thut sich auf
Und schließt sich wieder. Der Ritter tappt
Die lange Wendeltreppe hinauf,
Und dumpfe Ahndungen hemmen den Lauf
Von seinem Blut, er hustet, schnappt
Nach Athem, und bleibt wohl dreymahl stehen,
Indem sie durch die lange Reih'
Von schwach beleuchteten Zimmern gehen.

»Viel Glücks! die Reis' ist nun vorbey,«
Spricht *Iris*, indem sie ein großes Zimmer
Ihm öffnet, und hinter ihm wieder schließt.

Nun denket, – da ein Strom von Schimmer
Aus hundert Kerzen entgegen ihm schießt,
Und vor ihm steht das nehmliche Zimmer,
Worin sich, nahe bey Paris,
Je länger je lieber zuerst ihm wies,
Die Decke mit goldnen Körben, Früchten
Und Blumen just wie dort staffiert,
Und mit den nehmlichen Bibelgeschichten
Die Wände ringsum tapeziert,
Und neben einem kleinen Tische
Das nehmliche Ruhebett in der Nische,
Und drauf im nehmlichen Überzug
Je länger je lieber mit ihrem Schleier;
Nun, bitt' ich, denkt, ob unserm Freyer
Das Herz im Busen höher schlug?

Er wurde so überrascht von allen
Den Wunderdingen, so überhäuft,
Daß er, um nicht zu Boden zu fallen,
Kaum einen Lehnstuhl noch ergreift.

Die Dame, nachdem sie ihm, sich zu fassen,
Ein paar Minuten Zeit gelassen,
Dankt ihm im sanftesten Liebeston
Für diesen letzten Beweis von Achtung,

Und daß er aus Liebe zu *Sonnemon*
Doch wenigstens nicht mit kalter Verachtung
Ein Herz, das ihm zu widerstehn
Nicht Kraft gehabt, bestrafen wollen.

»Ich will nicht klagen – nicht mein Vergehn
Durch Bitten um Mitleid noch erhöhn:
Du hättest in dein Herz zu sehn
Mir eher vielleicht gestatten sollen;
Mir sagen sollen mit guter Art,
Es sey versagt – wer weiß, wir hätten
Uns beide vielleicht viel Schmerz erspart!
Ich hätte mich vielleicht noch retten
Können! – Doch all dieß, *Gandalin*,
Ist Schicksal; wir konnten ihm nicht entfliehn.
Ich weiche – (sie sagte dieß mit immer
Gerührterer Stimme) ich weiche der Noth,
Und täusche mich nicht! Ich seh's, kein
Schimmer
Von Hoffnung bleibt mir – als vom Tod.
Du scheinst gerührt? – Dich zu betrüben
War nicht mein Wille; doch, laß noch dieß
Mich sagen – den Trost dich ewig zu lieben,
Den süßen Trost, raubt mir gewiß
Kein Schicksal! Und auch der Wahn ist süß;
Laß *Sonnemon* den Wahn mir gönnen,
Den Traum der schmeichelnden Fantasey,
Du hättest, wäre dein Herz noch frey
Gewesen, vielleicht mich lieben können!«

Hier wird sie *so* von Empfindung gedrückt,
Daß ihr die Rede im Mund erstickt.

Ich hätte vielleicht dich lieben können?
(Ruft *Gandalin* ängstlich, als ob sein Herz
Zerspringen wollte vor Lieb' und Schmerz)
O könnt' ich diese Brust zerreißen
Und in mein Herz dich schauen heißen!
Ob ich dich liebe? Wie ängstigt mich

Dieß grausame Zweifeln! Wohlan, so höre,
Was ich zu deinen Füßen schwöre –
Wiewohl ich, nicht begreife, wie
Dieß alles möglich ist, und wie,
Durch welche allmächtige Sympathie,
Du mich bezaubert hältst – doch, höre,
Was ich bey dieser Hand, die ich
Hier fasse, bey jeder brennenden Zähre
Die auf sie fällt, gelob' und schwöre:
Ich liebe *Sonnemon* und *Dich*;
Ihr beide herrscht in meiner Seelen
Als hätt' ich nur für euch allein
Ein Herz, und zwischen euch zu wählen
Wird ewig mir unmöglich seyn!
O laßt mich! – Unwerth euch zu lieben,
Unwerth von euch geliebt zu seyn,
Unfähig 'mit getheilten Trieben
Euch glücklich zu machen, zu meiner Pein
Und zu der eurigen – euch zu lieben
Verdammt – o laßt mich, laßt mich fliehn,
Mich fern von euch, in Gram verzehren,
Und möchte der Nahme *Gandalin*
Nie wieder eure Ruhe stören!

So spricht er liegend auf seinen Knien,
Und Thränen, wie glühende Tropfen, stürzen
Auf ihre Hand. – Das Fräulein kann
Nicht länger seine Qual zu kürzen
Sich säumen. – »Du wunderbarer Mann!
Und hättest du vor *Sonnemon*s Ohren
Uns beiden all dieß auch geschworen?«

O! ruft er, wäre sie doch hier!

»Da ist sie! – Siehe sie vor dir!«

Und siehe! Mantel und Schleier wallen
Von ihren Schultern – und – *Sonnemon*
(*O Lieb' um Liebe!* o süßer Lohn

Der schwersten Prüfung!) *Sonnemon*
Läßt sich in seine Arme fallen!

Über tredition

Eigenes Buch veröffentlichen

tredition wurde 2006 in Hamburg gegründet und hat seither mehrere tausend Buchtitel veröffentlicht. Autoren veröffentlichen in wenigen leichten Schritten gedruckte Bücher, e-Books und audio-Books. tredition hat das Ziel, die beste und fairste Veröffentlichungsmöglichkeit für Autoren zu bieten.

tredition wurde mit der Erkenntnis gegründet, dass nur etwa jedes 200. bei Verlagen eingereichte Manuskript veröffentlicht wird. Dabei hat jedes Buch seinen Markt, also seine Leser. tredition sorgt dafür, dass für jedes Buch die Leserschaft auch erreicht wird.

Im einzigartigen Literatur-Netzwerk von tredition bieten zahlreiche Literatur-Partner (das sind Lektoren, Übersetzer, Hörbuchsprecher und Illustratoren) ihre Dienstleistung an, um Manuskripte zu verbessern oder die Vielfalt zu erhöhen. Autoren vereinbaren direkt mit den Literatur-Partnern die Konditionen ihrer Zusammenarbeit und partizipieren gemeinsam am Erfolg des Buches.

Das gesamte Verlagsprogramm von tredition ist bei allen stationären Buchhandlungen und Online-Buchhändlern wie z. B. Amazon erhältlich. e-Books stehen bei den führenden Online-Portalen (z. B. iBookstore von Apple oder Kindle von Amazon) zum Verkauf.

Einfach leicht ein Buch veröffentlichen: **www.tredition.de**

Eigene Buchreihe oder eigenen Verlag gründen

Seit 2009 bietet tredition sein Verlagskonzept auch als sogenanntes "White-Label" an. Das bedeutet, dass andere Unternehmen, Institutionen und Personen risikofrei und unkompliziert selbst zum Herausgeber von Büchern und Buchreihen unter eigener Marke werden können. tredition übernimmt dabei das komplette Herstellungs- und Distributionsrisiko.

Zahlreiche Zeitschriften-, Zeitungs- und Buchverlage, Universitäten, Forschungseinrichtungen u.v.m. nutzen diese Dienstleistung von tredition, um unter eigener Marke ohne Risiko Bücher zu verlegen.

Alle Informationen im Internet: **www.tredition.de/fuer-verlage**

tredition wurde mit mehreren Innovationspreisen ausgezeichnet, u. a. mit dem Webfuture Award und dem Innovationspreis der Buch Digitale.

tredition ist Mitglied im Börsenverein des Deutschen Buchhandels.

Dieses Werk elektronisch lesen

Dieses Werk ist Teil der Gutenberg-DE Edition DVD. Diese enthält das komplette Archiv des Projekt Gutenberg-DE. Die DVD ist im Internet erhältlich auf **http://gutenbergshop.abc.de**

MIX

Papier | Fördert
gute Waldnutzung

FSC® C083411

Zeitfracht Medien GmbH
Ferdinand-Jühlke-Straße 7
99095 Erfurt, Deutschland
produktsicherheit@kolibri360.de